无界文库

035

La symphonie pastorale

田园交响曲

André Gide

[法]安德烈·纪德 著

李玉民 译

中信出版集团 | 北京

图书在版编目(CIP)数据

田园交响曲 / (法)安德烈·纪德著;李玉民译.
北京:中信出版社, 2025.7. --(无界文库).
ISBN 978-7-5217-7765-9

Ⅰ. I565.45
中国国家版本馆 CIP 数据核字第 2025PD3755 号

田园交响曲
(无界文库)

著者: [法]安德烈·纪德
译者: 李玉民
出版发行: 中信出版集团股份有限公司
(北京市朝阳区东三环北路27号嘉铭中心 邮编 100020)
承印者: 嘉业印刷(天津)有限公司

开本: 787mm×1092mm 1/32　印张: 11　字数: 162千字
版次: 2025年7月第1版　印次: 2025年7月第1次印刷
书号: ISBN 978-7-5217-7765-9
定价: 29.00元

版权所有·侵权必究
如有印刷、装订问题,本公司负责调换。
服务热线: 400-600-8099
投稿邮箱: author@citicpub.com

目 录

中译本序

纪德是个不可替代的榜样 _ 1

田园交响曲 _ 19

浪子归来 _ 105

帕吕德 _ 143

忒修斯 _ 259

安德烈·纪德年表 _ 337

中译本序

纪德是个不可替代的榜样

李玉民

在20世纪法国作家中,若论哪一位最活跃,最独特,最重要,最喜欢颠覆,最爱惹是生非,最复杂,最多变,从而也最难捉摸,那么几乎可以肯定,非安德烈·纪德莫属。

纪德的一生及其作品所构成的世界,就是一座现代的迷宫。这座迷宫迷惑了多少评论家,甚至迷惑了诺贝尔文学奖评委们长达三十余年。

这里顺便翻一翻诺贝尔文学奖这本老账,只为从一个侧面说明纪德为人和为文的复杂性,在他的迷宫里迷途不足为奇。比对一下法国两位文学大师,罗曼·罗兰（1866—1944）和安德烈·纪德（1869—1951），就多少能看出诺奖评委们的疑虑与尴尬。两位作家生卒年代相近，都以等身的著作享誉文坛，虽不好说纪德的分量更重，至少也算是等量齐名。然而，罗曼·罗兰于1915年就获得了诺贝尔文学奖，纪德却还要等到三十二年之后，直至1947年，在他七十八岁的高龄，才荣获这一迟来的奖项，是因其"内容广博和艺术意味深长的作品——这些作品以对真理的大无畏的热爱，以锐敏的心理洞察力表现了人类的问题与处境"。

获奖评语涉及的这些作品，其实早在20世纪一二十年代，都已经问世，受到广泛注意，主要有先锋派讽刺小说《帕吕德》（1895）、散文诗《人间食粮》（1897）、冲击传统道德的记述体小说《背德者》（1902）、日记体小说《窄门》（1909）、傻剧《梵蒂冈的地窖》（1914）、日记体小说《田园交响曲》（1919）、前所未见的结构革命的创新小说《伪币制造者》、自传《如果种子不死》（1926）……至此，他的"文坛王子"的地位已经确立，诺贝尔文学奖的授奖词中所提到的作品，也都早已问世。可是，诺贝尔文学奖的评委们还要花上二十多年时间,才写出这样一段评语,总算稍微摸清了纪德的路数。

按照通常的办法,以定格、定势、定型的尺度去衡量,给一个作家下定论,用在纪德身上显然不合适。纪德的一生及其作品,正如他本人所描绘的,就好像变幻莫测的大海:

> 没有定形的大海……惊涛骇浪向前推涌……波涛前后相随,轮番掀起同一处海水,却几乎没有使其推移。只有波涛的形状在运行,海水由一道波浪涌起,随即脱离,从不逐浪而去。每个浪头只在瞬间掀动同一处海水,随即穿越而过,抛下那处海水,继续前进。我的灵魂啊!千万不要依恋任何一种思想!将你每个思想抛给海风吹走吧,绝不要带进天国。

大海的这种动势、变势,可以说贯穿纪德的一生及其全部作品。抓住瞬间的定型来论述纪德,那么在下一个瞬间,就必定会被抛到后面。因此,研读纪德的作品,就应该顺其势而动,顺其势而变,如影随形,这样才有可能辨认纪德错综复杂、变幻不定的足迹，摸清他那迷宫一般的思路。

让我们循着纪德生活与写作的姿态，来阅读纪德的作品吧。

《帕吕德》写于1894年10月，是纪德第一部重要作品，于次年出版，标志着作家纪德的诞生。在这前前后后，青年纪德发生了什么变化呢？纪德出身清教徒家庭，从小受到母亲严格的管教，养成他的叛逆性格。纪德自述："我的青春一片黑暗，没有尝过大地的盐，也没有尝过大海的盐。"纪德没有尝到欢乐，青春就倏忽而逝，这是他要摆脱家庭和传统的第一动因："我憎恨家庭！那是封闭的窝，关闭的门户！"有母亲在，他既不能真正脱离家庭，也不能同他所爱的表姐玛德莱娜结婚，只好频频出行，游历阿尔及利亚、突尼斯等国。《帕吕德》就是他旅居瑞士时，在孤寂中写成的。

1895年，《帕吕德》出版这年，又发生一件大事，纪德的母亲去世。纪德时年二十六岁，终于实现他母亲一直反对的婚姻。他生活的最大羁绊消失了，思想上又接受了尼采主义的影响，全面扬弃传统的道德观念,宣扬并追求前人所不敢想的独立与自由,于是写出了他的第二部重要作品《人间食粮》。这是他过了青春期焕发的第二个青春,而这久埋的滋润的青春激情,一直陪伴纪德走完一生,也贯穿他创作的始终。《人间食粮》被誉为"不安的一代人的《圣经》",是纪德宣泄青春激情、追求快乐的宣言书。这部散文诗充斥着一种原始的本能的冲动,记录了本能追求快乐时那种冲动的原生状态;而这种原生状态的冲动,给人以原生的质感,具有粗糙、自然、天真、鲜活的特性,得到青年一代的认同。著名作家莫洛亚就指出:"那么多青少年对《人间食粮》都狂热地崇拜,这种崇拜远远超过文学趣味。"

《帕吕德》就是他在生活和思想发生剧变的这一时期写出来的。这是一本既迷人又奇特的书,法国新小说派的代表作家娜塔丽·萨洛特、克洛德·西蒙,以及罗兰·巴特,都把《帕吕德》视为现代派文学的开山之作,预告了五十年后兴起的"怀疑时代"和"反小说时期"。贯穿全书的独特的幽默,暗讽当时的生活百态和文坛现象。那片沼泽地象征他的家庭,也直指当时的社会。遵循传统道德的世人,伪造生活还以

"完人"自居，演绎着最荒谬的悲剧。当时活跃在文坛的两大流派，象征主义诗人如马拉美等，完全"背向生活"，而天主教派作家，又以一种宗教的情绪憎恨人生，更多的无聊文人则身负使命，极为掩饰生活。总之，在纪德看来，恪守既定人生准则的世人，无不生活在虚假之中。

纪德的文学创作自《帕吕德》始，就坚决摈弃"共同的规则"，绝不重复自己，更不要走上别人的老路，不写别人已写出或者能写出的作品。因此，他的每部新作，都与世上已有的作品，与他此前的作品迥然不同。他的许多作品，甚至模糊了体裁的界限，究竟是随笔、散文、诗歌、小说、叙事，还是别的什么？让批评家无法分类，既是傻剧又是小说，不伦不类。《帕吕德》结构巧妙，自成循环，叙述的多视角、空间的立体和层次感，都是前所未见，尤其"戏中戏""景中景"，作者自由往来于现实与虚构之间。这种小说套小说的复杂而奇妙的结构，是小说创作的一次革命，到后来他称之为唯一小说的《伪币制造者》，更是发展到极致。像《帕吕德》这样结构的一部作品，是可能写成好几本书的总和。

纪德的第三部重要作品《背德者》出版之后，有一个短篇《浪子归来》值得注意，篇幅很短，但是寓意颇深，几场对话充满禅机。浪子回到父母身边，并非痛悔自己的所作所为，而他还鼓励并帮助小弟离家出走，别有深意。细细品读，可以进一步认识纪德思想的复杂性。阿尔贝·加缪看了纪德的《浪子归来》，觉得尽善尽美，立即动手改编成剧本，由他执导的劳工剧团搬上舞台。

以《田园交响曲》为终篇，同《背德者》《窄门》组成的三部曲，从1903年至1919年，历时十六载，记述了追求快乐和幸福的历程，但也是追求快乐和幸福的痛苦历程。在三部曲中，《田园交响曲》篇幅最短，却获得了巨大成功，持续一版再版。截至作者去世时，已发行上百万册，还被译成五十多种语言，在法国和日本被拍成电影。

《田园交响曲》同另外两部小说一样，是寻求生活快乐而酿成的悲剧。故事情节并不复杂：一名乡村牧师出于慈悲，不顾妻子的反对，收养一个成为孤儿的盲女，不仅对她关心备至，还极力启发她的心智，引导她逐渐脱离蒙昧状态，领略她看不见的美妙世界。

然而，牧师从慈悲之心出发，一步步堕入情网，给妻子儿女造成极大痛苦，却又不敢面对现实，只是一味拿基督教教义为他对盲女的炽烈感情开脱，认为没有任何违禁的成分："我遍读《福音书》，也没有找到戒律、威胁、禁令……这些都出自圣保罗之口，在基督的话中却找不到。"盲女错把感激之情当成爱情，可是她治好了眼睛才看清，她爱的是儿子雅克而不是于她有恩的父亲；她也看清这种爱无异于犯罪，会给收养她的一家人带来痛苦和不幸。于是，她别无选择，唯求一死，假借采花之机失足落水……

纪德认为，在人生的道路上，最可靠的向导，就是自己的欲望："心系四方，无处不家，总受欲望的驱使，走向新的境地……"他那不知疲倦的好奇心化为生生不息的欲望，他同欲望结为终身伴侣。他一生摆脱或放弃了多少东西，包括家庭、友谊、爱情、信念、名誉、地位……独独割舍不掉欲望。一种欲望满足，又萌生新的欲望，"层出不穷地转生"。他行进在旅途上，首先不是寻找歇脚的客店，而是干渴和饥饿感；他也不是奔向哪个目的地，而是前往新的境界："下一片绿洲更美"，永远是下一个，要见识更美、更新奇的事物，寻求更大的快乐。直到去世的前一个月，已是八十二岁高龄的纪德，还在安排去摩洛哥的旅行计划，可见他的旅途同他的目的地之间，隔着他的整整一生。他随心所欲，究竟要把读他的人带到哪里呢？读者要抵达他的理想、他的终极目的，就必须跟随他走完一生。

《忒修斯》是纪德最后一部重要作品，是他文学创作的终结之篇，于1946年在纽约首次出版。从《帕吕德》到《忒修斯》，这一开一合，一放一收，横跨半个多世纪，我们可以看出，纪德的文学创作组成一个大循环，终点又回到起点，而每部重要作品又自成一个循环：《帕吕德》、《人间食粮》、追求快乐和幸福的三部曲、《伪币制造者》……直到《忒修斯》，莫不如此。在《帕吕德》中，作者与书中人物于贝尔讨论《帕吕德》的写作，就提出一种"蛋"的概念：

　　一首诗存在的理由、它的特性、它的由来，难道你就始终一窍不通吗？……对，一本书，于贝尔，像一只蛋那样，封闭、充实而光滑。塞不进去任何东西，连一根大头针也不成,除非硬往里插,那么蛋的形态也就遭到破坏。

　　蛋不是装满的,生下来就是满的……况且,《帕吕德》已经如此了……这里我守着:因为没有任何人;全排除掉了,我才选了一个题目,就是《帕吕德》,因为我确信没有一个人困顿到这份儿上,非得到我的土地上来干活;这个意思,我就是试图用这句话来表达:"我是蒂提尔,孤单一人。"

"蛋生下来就是满的""塞不进去任何东西",这是纪德的创作原则,也是生活态度与他人最大的不同。看似简单的一句话,内涵却极其丰富,而且成为纪德终生的坚守:"这里我守着。"参照萨特悼念纪德文章中的一句话,就容易理解了:

"他为我们活过的一生,我们只要读他的作品便能重活一次。纪德是个不可替代的榜样,因为他选择了变成他自身的真理。"

换言之,纪德原原本本经历了(包括心灵的行为)他在作品中讲述的生活;同样,他的作品也原原本本讲述了他所经历(包括心灵的轨迹)的生活。没有作弊,也没有美饰。通过他的作品回顾他的一生,还是用他的一生检验他的作品,两者都达到了惊人的重合。这便是"他选择了变成他自身的真理"的结果。这句话所包含的两层意思:一是认定并选择一生的真理,二是以终生实践变成自己认定的人,纪德都圆满实现了,正如他在《忒修斯》结尾所讲的:"我的命运圆满完成。我身后留下了雅典城……我的思想会永生永世住在这里。"

然而,纪德的思想和行为充满矛盾,充满变数,他自己也承认:"我是个充满对话的人;我内心的一切都在争论,相互辩驳。""复杂性,我根本不去追寻,它就在我的内心。"明知自身的这种特性,又如何把握自己的一生,"选择了变成他自身的真理"呢?以常理看来,这无异于痴人说梦,根本不可能。不可能硬是变成了可能,纪德因而成为独一无二的人。

多样性原本是人类一种深厚的天性,长期受到社会的各种规则、传统习俗的遏制。没有了上帝,人要做真实的自我,选择存在的方式,就生成了无限可能性。这种生活的复杂与他内心的复杂一拍即合。纪德在构思《帕吕德》的时候，就在《日记》中明确表示：不应该选定一种而丧失其余的一切可能，要时刻迎候我内心的任何欲望，抓住生活的所有机遇。纪德自焕发第二次青春起，就给自己定下了人生准则，就是拒绝任何准则。正是这种内心的复杂所决定，纪德面对生活的复杂无须选择，仅仅从欲而为，一一尝试自己的欲望。

上帝死了，人完全获取了自由，取代了上帝空出来的位置，虽然不能全能，却能以全欲来达到上帝全能的高度，无愧于争得的自由。可见，纪德就是从这样的高度，一劳永逸地确定了自己的一生和讲述这一生的创作，形象地提出了"蛋"的概念。"蛋生下来就是满的"，里面装的正是他本人的全欲。这就意味他这一生，一生的创作，完全以自己的激情、欲望为导向，不放过任何可能性，永远探索，永远冒险。

全欲，就意味全方位地体验人生，全方位地思索探求，在追求快乐和幸福的同时，也不惜品尝辛酸和苦涩、失望和惨痛。

全欲，就意味不专，不忠，不定。不专于一种欲望，不忠于一种生存状态，不定于一种自我的形象。

而且，与这种全欲的生活姿态相呼应，纪德的文学创作也不选定一个方向，要同时朝各个方向发展，从而保留所有创作源泉，维护完全的创作自由。全方位的生活姿态，同多方向的创作理念，就这样形成了互动的关系。为了充分掌握人生的全部真实，纪德就进入生存的各种形态，不能身体力行的，就由作品的人物去延伸，替他将所能有的欲望推向极致。

纪德的文学创作还有一个突出的特点：他那些相反相成、迥然不同的作品，写作和发表的时间虽有先后，但大多数是同时酝酿构思的，和他一劳永逸地确定自己的一生同步进行。大约在写《帕吕德》《人间食粮》的同期，纪德的文学创作就有一个总体的设想。就拿他的终结之篇《忒修斯》为例，早在四十年前就定了题目，开始酝酿了。他在《评希腊神话》(1919)一文中，就指出他如何重新表述他最看重的神话传说。四十年后写出来的《忒修斯》，成为一部遗嘱式的作品，读者通过雅典城的创建者忒修斯的人生旅程，可以追寻已七十六岁高龄的纪德所留下的足迹。

如果说《帕吕德》是纪德文学创作的一个提纲，包含后来众多作品的发端思想，那么所有这些主题，又一股脑儿地出现在《忒修斯》中，就好像夕照的绚丽彩霞，辉映着旭日的灿烂光芒。色调也十分相近：略带调侃的幽默。纪德到了晚年，在《忒修斯》里回顾一生的时候，还难以掩饰二十几岁时的激情："我就是风，就是波涛。我就是草木，就是飞鸟……我在抚摩女人之前，就已抚摩了果实、小树的嫩皮、海边的光滑石子、狗和马的皮毛。见到潘神、宙斯或忒提斯向我展示的一切美妙的东西，我都会勃起。"纪德借忒修斯之口，强调了他始终保持的冒险精神："我要安全干什么！……要平坦的道路干什么！毫无荣耀的那种安逸，还有舒适、懒惰，我都嗤之以鼻。"他前往雅典，不走安全的海路，偏要绕远，取道凶险的陆路，以考验自己的勇敢。他从大地彻底清除不少暴君、强盗和魔怪，还廓清了天空，"以便让人额头不要垂得那么低，不要那么惧怕意外的事件"。

忒修斯的壮举之一，就是冒着生命危险，进入克里特岛迷宫，杀死牛头怪弥诺陶洛斯，一举把希腊从被迫每年进贡七个童男和七个童女的义务中解放出来。纪德在重新表述这一著名的神话故事的过程中，融入了他先前作品的许多主题，如使命感、进取精神、

强烈的好奇心、在满足欲望中寻求快乐等等,尤其是命运、永生这样人类的大题目。代达罗斯所讲的话,集中表达了忒修斯应走的路:

> 你要创建雅典,让那里成为思想统治之地。因此,你经过激烈搏斗获胜之后,无论在迷宫里,还是在阿里阿德涅的怀抱中,都不可久留。继续往前走。要把懒惰视为背叛。直到你的命运达到尽善尽美了,才可以在死亡中寻求安歇。只有这样超越了表面的死亡,由人类的认同重新创造之后,你才能永世生存。不要停留,往前走,城邦的勇敢的统一者,继续赶路吧。

难能可贵的是,纪德认为,有多少相互敌对的欲望和思想,共处并存在于我们身上,人有什么权利剥夺这种思想或那种欲念的存在呢?要完完全全成为真实的自我,就必须让自身的差异和矛盾,哪怕是难于启齿的行为,都充分地表现出来,绝不可以想方设法去扼杀不协调的声音。他不是要做一个"完人",而是做一个"完欲"的人。

至少有两次重大的行为,并不很光彩,事先既没有压制欲望,事后也没有粉饰美化,在《忒修斯》中都坦率地讲述出来。忒修斯并不因为阿里阿德涅于他有恩,帮助他杀死牛头怪并逃出迷宫,就肯同她厮守终身。更有甚者,他不但要抛弃阿里阿德涅,还要设计拐走她妹妹淮德拉。他承认:"在女人方面,我总是喜新厌旧,这是我的优势,也是我的弱点。"他要不择手段,说干就干,"我的欲望的声音,战胜了感激的和情理的各种声音"。他制订了周密的劫持计划,中途将"美丽而缠人的阿里阿德涅丢到纳克索斯岛上",乘船同淮德拉单独回到阿提卡。忒修斯冒险去克里特,吉凶难料,他和父亲埃勾斯——阿提卡国王说好,如果胜利返航,船上就挂白帆。但是他一时疏忽,挂了黑帆,埃勾斯以为是报丧,伤痛之下投海而死。不过,忒修斯扪心自问,难说不是有意那么干,只因埃勾斯服药重返青春,挡了他的路:"他就会阻碍我的前程,而照理每个人都能轮到机会。"

这两次行为同其他行为一样,是他全欲的组成部分,充分表现了他的思想的复杂性,也是他复杂的生活经历的忠实写照。自不待言,"用情不专"是他的一贯作风。他在前进的路上,遇到障碍,会毫不犹豫地一脚踢开,甚至不惜得罪法国当局(批评法国殖民政策),惹恼斯大林政权(《访苏归来》)。他丝毫也不后悔,接受自己特立独行所产生的后果,哪怕失去"文坛王子"的桂冠,受到昔日盟友左翼力量的抨击。

纪德的作品,细读起来,随处可见看似简单的词句,却是深藏机锋的妙语。翻开《帕吕德》,信手抄两句:"每当一位哲学家回答你的问题,你就再也弄不明白自己问的是什么了。""将婚姻变成长时间的爱情见习期……""自己决定行动,事先毫无顾忌地决定下来,就可以确信每天早晨不必看天气行事了。"好个"不必看天气行事",世上能有几人敢口出此言,并且身体力行呢?《忒修斯》篇幅很短,极为凝练,高潮迭起,尤其忒修斯同代达罗斯的对话,忒修斯和俄狄浦斯二人命运的碰撞,击出多么高尚的火花,每次重读,都发人深思。

忒修斯当上国王,不改他的生活方式,同普通百姓一样简朴。他认为富豪权贵的贪得无厌是国家动乱的祸源,于是取缔地方小法庭和议会,全集中到雅典卫城。他还通过平均土地的办法,一下子消除了霸权以及由霸权引起的纷争,在全国公民中,包括穷苦人,实行财富和政治平等,欢迎外地人到雅典定居,并且享有同等权利。他采取这些措施,促进雅典民富国强,促使人类能有更大的作为,表现出更大的价值。理想国、理想社会,这正是纪德思想的核心;他的全欲是拿个人做实验,为人类开辟幸福的源泉。《忒修斯》的结尾,留下了纪德的心声:"想想将来的人类也很欣慰——在我之后,人类多亏了我,将承认自己更幸福、更善良,也更自由……我不枉此生。"

田园交响曲

献给让·施伦贝格[1]

---

1 让·施伦贝格(Jean Schlumberger,1877—1968):纪德的文友,创建《新法兰西杂志》的合作者。——译者注(本书注释无特殊说明,均为译者注)

第 一 篇

189×年2月10日

大雪连下三天未停，封住了道路，无法去R村了，打破我十五年来的习惯：每月去两次主持弥撒。拉布雷维讷村的小教堂，今天上午只聚了三十来名信徒。

大雪封路，赋闲在家，何不回顾一下，谈一谈我收养热特律德姑娘的由来。

我已有打算，要记述这颗虔诚的灵魂成长的全过程。我只想让她崇拜和热爱上帝，才把她带出了黑夜。感谢主交给我这种使命。

那是两年半前，有一天我刚从拉绍德封回来，就见一个素不相识的小姑娘。她匆忙来找我，是要领我去七公里远的地方，看一位要死的可怜老太太。正好马还没有卸套,我估计天黑之前赶不回来,便带上一盏灯笼,让小姑娘上车,一道出发了。

这一带地方,我以为非常熟识,不料一过拉索德雷庄园,照女孩指引,却走上我从未涉足的一条路。又行驶了两公里,看见左边一泓隐秘的小湖,才认出是我少年时滑冰的地方。此地不是我教职的辖区,十五年未见,也说不准小湖在什么方位,忽见它披着彩霞,映现美妙的夕照,还真恍若是在梦中见过。

湖中流出一条小溪,截断森林的末端。马车先是沿溪边行驶,继而绕过一片泥沼。可以肯定,此地我从未来过。

太阳下山了,在暮色中又走了好一阵工夫,带路的女孩才指着让我看,只见山坡上有一间茅舍,若不是升起一缕炊烟,真好像没有人住。那缕细细的炊烟,在暮色昏沉中蓝幽幽的,升到满是金霞的天空里又染成金黄色。我将马拴在旁边一棵苹果树上,同女孩前后脚走进黑乎乎的屋里。老太婆已经咽气了。

此地荒僻肃杀的景象,此时寂静庄严的气氛,令我不寒而栗。床前跪着一位年纪尚轻的女子。带路的女孩,我原以为是老太婆的孙女,其实是个用人。她点燃一支冒黑烟的蜡烛,便伫立在床脚不动了。

走这么远的路,我总想同她聊聊,可是一路上也没有从她嘴里掏出几句话。

跪着的女子站起来。她不像我乍一见所猜想的那样,她并不是死者的亲戚,而是处得好的邻居。用人见主人不行了,才跑去叫她。她闻讯赶来,主动提出晚上守灵。她对我说,老太太临死没有什么痛苦。接着,我们一起商议如何料理丧事。一切都得由我决定,在这种荒僻的地方往往如此。不过,我要承认,这房子看样子再怎么清贫,只交给这邻妇和用人看管,我还真有点为难。其实,这破烂不堪的茅屋,也不大可能有什么财宝埋藏在角落里……怎么办呢?我还是问了问,死者有没有继承人。

于是,邻妇拿起蜡烛,朝一个角落照去,我这才瞧见炉膛边隐隐约约蜷缩着一个人,仿佛睡着了,厚厚的头发差不多将脸全遮住了。

"这是个瞎眼姑娘,女佣说是老太太的侄女。这一家恐怕只剩下她一个人在世。只能把她送进救济院,要不,真不知她往后怎么办。"

就这样当面决定人家的命运,我听了十分不悦,担心这样直接的话会惹盲女伤心。

"别吵醒她。"我悄声说道,好歹也示意邻妇压低嗓门儿。

"唔!我看她没睡,她是个白痴,总不讲话,别人说什么她也听不懂。从我上午进屋到现在,她差不多就没动窝。起初我还以为她耳朵聋,用人说不对,老太太才是聋子,从不跟她讲话,也不跟任何人讲话,一直就这样,只是吃喝时才张开嘴。"

"这姑娘多大了?"

"我想总有十五了吧!别的情况,我知道的不见得比您多……"

我没有立即想到收养这个可怜的孤儿,仅仅在祈祷之后——确切地说,在我和邻妇、当用人的女孩跪在床前祈祷时——我忽然领悟到,上帝将一种职责摆在我的面前,我若是躲避就难免怯懦了。我站起身来,决定当晚就把她带走,只是还未想好今后如何安置,把她托付给谁。我对着死者又凝视了片刻,只见那张脸一副睡容,布满皱纹的嘴凹陷进去,仿佛让守财奴的钱袋绳收紧了口儿,绝不会漏出一文钱来。继而,我又转向盲女,并把我的打算告诉了邻妇。

"明天抬尸的时候,她最好不在场。"邻妇只说了这么一句。

盲女好似一堆毫无意识的肉体,随便让人带走。她生得五官端正,相当秀气,可是一点表情也没有。临走,我到她平时睡觉的地方,通阁楼的楼梯下面的草垫上抱了一床被子。

邻妇也很殷勤,帮我用被子把盲女裹好,因为晴朗的夜晚有点凉。我点上车灯,便赶车走了。这个没有灵魂的躯体,靠着我蜷成一团,黑暗中若不是传来一点体温,我还真感觉不出她还活着。一路上我都在想:她在睡觉吗?进入什么样的黑暗梦乡……她活在世上,醒来和睡着又有什么区别呢?主啊!这颗灵魂,囚在这不透明的躯体里,无疑在等待您的恩惠之光照到它!您是否允许,我的爱心也许能把她带出可怕的黑夜?……

我特别注重真实,不能避而不谈我回到家要遭受的责难。我妻子是美德的园地,哪怕在我们有时难免经历的困难时期,我一刻也未怀疑她善良的心地。不过,她天性善良归善良,就是不喜欢意外事件。她是个讲条理的人,分内事一丝不苟,分外事绝不插手,做起善事也有节制，就好像爱心是一种能耗尽的财富。我们夫妻间只有这一点争议……

那天夜晚，她一见我带回个女孩，就脱口嚷了一句，流露她最初的想法：

"你跑出去又揽了什么事儿？"

每次我们之间都得解释一番，我就先让站在一旁目瞪口呆、满脸疑问和惊讶的几个孩子出去。唉！这种态度，与我的希望相差多远啊！只有我可爱的小女儿一明白车里要出来新东西，出来活物儿，就拍着手跳起来。可是，几个大的让母亲管束惯了，立刻制止小妹妹，让她规矩点儿。

这次还真乱了一阵。我妻子和孩子还不知道我带回个盲女，见我极为小心地搀扶着她，都大惑不解。我本人也狼狈极了：在行驶的路上，我一直拉着可怜的残疾姑娘的手，现在一放开，她就怪声怪调地呻吟，听着不像人声，仿佛是小狗的哀号。她在自己狭小的天地里待惯了，这是头一回被人拉出来，走路连腿都发软。我给她搬一把椅子，她却瘫倒在地上，就好像不会坐到椅子上似的，我只好把她扶到炉子旁边，她得靠着炉台蹲下，恢复我在老太太家初见她时的姿势，才算略微平静下来。在车上就是这样,她身子滑落到座位下面,一路上就蜷缩在我双脚旁边。我妻子还是上手帮忙了,须知她最自然的举动总是最好的举动;不过,她的理智不断抗争,往往战胜感情。

"这东西,你打算怎么安置?"我妻子等把盲女安顿好了,又问道。

我一听用"东西"这个字眼,心中一抖,一股火气真难以控制。不过,我还沉浸在长时间的冥想中,也就没有发作,只是转向又围拢过来的孩子们,把一只手放在盲女的额头上,十分郑重地宣布:

"我带回迷途的羔羊。"

然而,我妻子阿梅莉认为,福音书的教导不会包含任何无理和超理的内容。我见她又要表示反对,便示意雅克和萨拉两个大孩子离开。他们俩看惯了父母的小争执,也不大关心是怎么回事儿(我甚至觉得往往关心不够),便带着两个小的走了。可是,我妻子仍不吭声,有点气恼,想必是有这个不速之客在场的缘故。

"有什么话,就当她面讲吧,"我又说道,"这可怜的孩子听不懂。"

于是，阿梅莉就开始责备了，说她当然跟我没有什么好讲的——这通常是她唠叨起来没完的开场白——说历来如此，她只能听任我异想天开，干些不切合实际，又违反常情常理的事情。前面我已经写过，我还根本没有想好如何安置这个女孩，能否收养她，我还没有这种打算，或者说只有非常模糊的念头，倒是阿梅莉给我提了醒儿，她问我是不是觉得"家里人还不够多"。接着她又数落我一意孤行惯了，从来不顾及身边人的反对意见，而她认为，五个孩子就足够了，自从生下克洛德（恰巧这时，克洛德仿佛听到叫他名字，就在摇篮里叫起来），她已经觉得"够劲儿"了，已经疲惫不堪。

刚听她说了几句，我就想起基督的几点训诫，但是话到嘴边又咽了回去，我总认为，拿《圣经》当自己行为的挡箭牌终归不妥。她一提起疲惫，我就无言以对，心里只得承认，我的善心一冲动起来就欠考虑，不止一次让她承担了后果。听她这番责备的话的确有道理，我明白了自己应尽的职责，于是非常温婉地恳求她想一想，换了她会不会像我这样做，眼看一个显然没有依靠的孤女落难，能否袖手旁观。我还充分估计到,收养这个残疾姑娘要给家务增添不少麻烦,我又不能多分担点儿,确实过意不去。我一面极力劝她平静下来,一面恳求她绝不要把怨恨发泄到这无辜的孩子身上。接着我还向她指出,萨拉长大了,往后能多帮她干点活儿,雅克也用不着她多操心了。总之,我凭着上帝赋予我的口才,说服她接受,况且我也确信,这事我若不是突然强加给她,而是容她多考虑一下,她本来会欣然接受的。

我见亲爱的阿梅莉友善地走近热特律德,以为这次我差不多又赢了,不料她举灯端详一下,发现这孩子浑身脏得无法形容,一股怒火又蹿上来,而且更加猛烈。

"哎呀,简直脏死啦!"她嚷道,"刷一刷,快点刷一刷。别在这儿呀!到外面去抖哇。噢!天哪!这么多虱子,要爬满我们孩子一身啊。我最怕虱子了。"

不可否认,可怜的女孩子身上全是虱子,一想起在车上那么长时间同她挨在一起,我就不禁产生一股厌恶情绪。我出去尽量把身子清理一番,两分钟之后回屋来,看见我妻子颓然坐在椅子上,双手抱着头啜泣。

"真没想到,给你耐心持家增添这么大麻烦,"我温柔地对她说,"反正今天太晚,看也看不清楚,没办法了。我守着炉火,就让这孩子睡在这儿。等明儿,咱们再给她剪剪头,好好洗一洗,你看着她顺眼了再照管她。"我还求阿梅莉绝不要对我们孩子提起这件事。

吃晚饭的时候,家里的老厨娘一边侍候我们用餐,一边用敌视的目光,瞪着盲女拿着我递给的餐盘狼吞虎咽的样子。餐桌上没人讲话。我本想给几个孩子讲述我这次遇到的意外情况,让他们明白和感受一下极端穷困的异常滋味,以便激发他们怜悯并同情上帝指导我们收留的女孩,可是又怕把阿梅莉的火再点起来。毫无疑问,我们每人都在想这件事,但似乎有一道无形的命令,要我们把这事置于脑后。

不过,有一件事令我特别感动:就在大家都睡下,阿梅莉把我一个人丢下之后一个多小时,忽见房门推开一条缝,我的小女儿夏洛特光着脚,只穿着睡衣,悄悄走进来。她搂住我的脖子,撒娇地拼命亲我,小声说道:

"我还没有好好祝你晚安呢。"

接着,她又伸出小小的食指,指着乖乖休息的盲

女,表明她非常好奇,在进入梦乡之前又跑来瞧瞧,她悄声说道:

"为什么我还没亲亲她呢?"

"明天再亲吧。现在,咱们别打扰她,她睡觉呢。"我这样说着,又把她送到门口。

回头我又坐下来,看看书,准备下一次布道,一直工作到天亮。

我想(现在想起来)可以肯定,夏洛特要比哥哥姐姐显得亲热得多。其实他们哪个在她这年龄,没有给我错觉呢,包括老大雅克,如今他却变得那么疏远,那么持重……大人以为他们性情温柔,其实他们甜言蜜语,只想得到爱抚。

2月27日

夜里又下了大雪。孩子们乐坏了,他们说用不了多久,大家进出就得走窗户了。今天早晨起来,大雪果然封住了门,只能从洗衣间出去了。昨天我就做了准备,村里也储备了足够的食物,毫无疑问,我们要同外界隔绝一段时间了。给大雪封住,这样的冬天倒不是头一回,但是在我的记忆中,我还从未见过这么厚的积雪。我讲述的事昨天既然开了头,趁此机会就索性写下去。

我说过,领回这残疾姑娘的时候,我并未多想她在我家能占个什么位置。我知道妻子的反对也很有分寸,我也清楚我们家有多大地方,我们的收入极其有限。但是我出于天性,又基于道德原则,一贯这样行事,根本不计算我一时冲动会增加多少开销(我始终认为,计较花费违背福音书)。不过,信赖上帝是一码事,将负担推给别人是另一码事。时过不久我就发现,这副重担,我放到了阿梅莉的肩上,而且担子极重,起初真令我深感愧疚。

给这女孩剪头时,我还尽量帮忙,但也清楚地看到,阿梅莉已经非常厌恶了。等到给女孩洗澡的时候,我只好让妻子一个人干,心里明白自己逃避了最繁重、最讨厌的活儿。

阿梅莉倒是再也没有发一点怨言,夜里她大概考虑过,决定接受这副新担子,照料起来甚至显出点儿乐趣,我看见她给热特律德收拾完了,脸上有了笑容。我给盲女剃秃的头上涂了油膏,给她戴上一顶白布软帽;阿梅莉拿萨拉的旧外衣和干净的内衣,把她那身肮脏的破衣裳换下来，扔进火炉里烧掉。这个孤女的真名实姓，连她自己都不知道，我也无从打听，夏洛特起了热特律德这个名字，立刻得到大家的赞同。看来她比萨拉年龄略小，穿上萨拉一年前脱掉的衣裳正合身。

我在此必须承认，头几天我深感失望。我给热特律德设计了一大套教育方案，但事实却迫使我放弃了幻想。她那张迟钝的脸表情木然，确切地说毫无表情，使我的好心彻底冷了。她终日守着炉火，处于防卫状态，一听见我们的声音，尤其听见有人走近，她那张面孔似乎就露出凶相，也就是说一有表情，必定是敌意。只要有人稍微和她说话、沟通，她就像动物一样哼哼，嗷嗷叫起来。她这种气恼的态度，直到要吃饭的时候才停止。她扑向我亲自端给她的饭菜，形同牲口，贪吃的样子难看极了。常言道以心换心，我面对这颗顽固拒人的心灵，萌生了厌恶之感。不错，老实说，开头十天我甚至大失所望，甚至对她失去兴趣，后悔一时冲动，真不该把她带回家来。还有一个情况损伤我的面子：阿梅莉看见我难以掩饰的情绪，便有些得意之色，她感到热特律德成为我的包袱，在家里时时令我难堪，就越发关心照料这孩子了。

我正处于两难境况的时候，住在特拉维谷村的友人马尔丹大夫，借巡诊之机前来看我。他听了我的介绍，对热特律德的状态很感兴趣，开头十分惊讶，女孩仅仅双目失明，何以处于如此愚昧的状态。于是，我就向他解释，她本身有这种残疾，而唯一照管她的那个老太太又是个聋子，从来不跟她讲话，结果可怜的孩子一直处于无人过问的境地。马尔丹大夫便劝道，既然是这种情况，我就不该丧失希望，我只是想干好而不得法儿而已。

"你还没有搞清地基牢不牢，就要动工盖房子，"马尔丹说道，"想想看，这颗灵魂还是一片混沌，连起码的轮廓都没有形成。先得把吃东西的几种感觉联系起来，就像贴标签那样，每种感觉配上一种声音、一个单词，你不厌其烦，反反复复对她说，然后设法让她重复。

"千万不要操之过急，每天按时教她，每次不要拖太长时间……"

他详详细细地向我介绍了这种方法，然后又说道：

"其实,这种方法一点也不神秘,绝不是我的发明,别人已经采用过了。你忘了吗?我们一起修哲学那时候,老师谈到孔狄亚克[1]和他那活动雕像,就说过一个类似的病例……"他沉吟一下又说道:"要么就是后来,我在一本心理杂志上看到的……不管怎么说吧,反正给我留下深刻印象,甚至连名字我都还记得。那女孩比热特律德还要不幸,不但双目失明,还又聋又哑,不知由英国哪个郡的一位医生收养了,说起来那还是上个世纪中叶的事儿。她的名字叫劳拉·布里奇曼。那医生写了日记,记录了孩子的进步,至少记录了开始阶段,他教她学习的种种努力,你也应当写那样的日记。那医生让孩子轮番触摸两件小东西:一根别针和一支笔,就这样一连几星期,然后拿来印有盲文的一张纸,让她摸纸上突起的两个英语单词:pin 和 pen。训练几周也没有一点收效。那躯体仿佛没有灵魂。然而,医生并不丧失信心。他叙述道:'我就像趴在井沿儿上的一个人,在黑洞洞的深井里拼命摇动一根绳子,希望井下迟早有一只手抓住。'因为,他一

---

[1] 孔狄亚克(Étienne Bonnot de Condillac, 1714—1780):法国启蒙思想家、哲学家,著有《感觉论》。

刻也不怀疑深井下有人,那人迟早会抓住绳子。果然有一天,他看见劳拉木然的脸上绽开了笑容。我敢说在那种时刻,医生眼里一定涌出感激和爱的泪水,他一定跪下来感谢上帝。劳拉猛然明白了医生对她的期望——她得救啦!从那天起,她专心致志地学习,进步特别快,不久就能自学了,后来还当上一所盲人学校的校长——如果不是她,那就是另外一个人……还有不少事例,近来报纸杂志连篇累牍地报道,都争相表示惊讶,说是这种人还能得到幸福,在我看来实在有点少见多怪。其实,生来与外界隔绝的人都是幸福的,他们一有了表达能力,当然要讲述他们的幸福了。记者们自然听得入了迷,便引出一条教训:那些五官功能'健全'的人,居然还有脸抱怨……"

讲到这里,我就同马尔丹争论起来,反对他的悲观主义,绝不同意他似乎要表达的观点:归根结底,感官只能给人增添烦恼。

"绝没有这个意思,"他分辩说,"我只是想说明,人的灵魂更容易,也更愿意想象美好、悠然自在与和谐,而不去想象把人世搞得乌烟瘴气、百孔千疮的放荡和罪恶。正是这五种感官向我们提供情况,有助于我们放荡和作恶。因此我认为,维吉尔的话'自知其善'不如改为'不知其恶',而'其乐无穷'[1],这就教导我们:世人若是不知道罪恶,那该有多幸福啊!"

马尔丹还对我提起狄更斯的一篇小说,他认为创作灵感直接来自劳拉·布里奇曼的事例,还答应立刻给我寄来一本。果然,四天之后,我收到了《炉边蟋蟀》一书,怀着浓厚的兴趣看了。这个故事偏长,但是有些段落很感人,主人公是个失明的姑娘,她父亲,一个穷苦的玩具制造商,竭力让她生活在舒适、富有和幸福的幻想中。狄更斯的艺术,就在于让人把虚假当成虔诚,谢天谢地!我对待热特律德大可不必如此。

马尔丹来看我的次日,我就开始实施他介绍的方法,做得十分精心。现在我后悔没有像他建议的那样,把热特律德的头几步记录下来。起初,我本人也是摸索着,领她走在这条昏黑的路上。头几周,要有常人难以想象的耐心,因为,这种启蒙教育不仅费时间,还给我招来责备。说起来叫我心里难过,那些责备的

---

[1] 原文为拉丁文。

话偏偏出自阿梅莉之口。不过,我在这里提及,心中未存半点怨恨之意——我郑重地表明这一点,以后她看了我这些记录便知。(基督不是在亡羊喻[1]之后,立刻教育我要宽恕别人的冒犯吗?)进而言之,我听了她的责备感到最难受的时候,也不能怪她不同意我在热特律德身上花那么长时间。我主要责怪她不相信我的努力能有收效。不错,这种缺乏信心的态度令我难受,然而并没有使我气馁。我经常听她唠叨:"你若是真能干出点名堂来……"她坚持认为我肯定徒劳无功,因此,她自然觉得我不值当为此消耗时间,还不如干点别的什么。每次我训练热特律德的时候,她总找借口来打扰我,不是有什么人等我去见,就是有什么事等我去办,说什么我把见别人的时间用在这女孩身上了。总之,我认为是母亲的嫉妒心在作怪,不止一次听她这样说:"你自己的孩子,哪个也没有这么精心过。"的确如此,我固然非常爱自己的孩子,但我一向认为他们用不着我多操心。

我常常感到,有些人以虔信的基督徒自诩,但

---

1 事见《圣经·新约·马太福音》第18章。耶稣用牧人寻回迷途的羊打比喻,勉励弟子去拯救迷途的人。

是最难接受亡羊喻,他们始终不能领悟,每只羊单独离开羊群,在牧人看来,可能比整个羊群还要宝贵。请看这样的话:"一个人若有一百只羊,一只走迷了路……他岂不撇下这九十九只,往山里去找那只迷路的羊吗?"这样的话闪着慈悲的光辉,那些所谓的基督徒如果敢直言不讳,他们就肯定要断言牧羊人是极不公正的。

热特律德脸上初绽的笑容,给我以极大的安慰,百倍地回报了我的苦心。因为,"若是找着了,我实在告诉你们,他为这一只羊欢喜,比为那没有迷路的九十九只欢喜还大呢!"[1]对,我也要实话实说。一天早晨,我看见热特律德雕像般的脸上露出笑容,她似乎突然开了窍儿,对我多日用心教给她的东西开始产生兴趣,我的心立刻沉浸在无比的喜悦中,这是我哪个孩子的笑容都从未产生的效果。

那天是3月5日,我当作一个生日记下这个日期。与其说是笑容,不如说是改容。她的脸突然"活了",仿佛豁然开朗,就好像拂晓前的紫红色曙光,将阿尔

---

1 引耶稣的话,见《圣经·新约·马太福音》第18章。

卑斯高山从黑夜里拉出来,映照得雪峰微微颤动,不啻一种神秘的色彩。我还联想到天使降临、唤醒死水的毕士大池[1]。看见热特律德有了天使般的表情,我一阵狂喜,觉得此刻降临到她身上的,恐难说不是爱而只是智慧。于是我万分感激,吻了一下她美丽的额头,心想这是献给上帝的一吻。

这种教育起步难,只要初见成效,进步就特别快了。如今,我要用心回想一下我们走过的道路:有时我就觉得热特律德往前跳跃,好像不在乎什么方法了。还记得开头阶段,我注重物品的性质,轻视其种类,如冷热、苦甜、粗糙、柔软、轻重……继而是动作,如挪开、靠拢、抬起、交叉、放倒、捆结、分散、收拢,等等。过了不久,我就什么方法也不用了,干脆同她交谈,不大考虑她是不是总能跟上我的思路,只想慢慢诱导她随便问我什么。毫无疑问,在我离开的时候,她的头脑还在继续活动,因为我每次再见到她都很惊讶,感到把她同我隔开的黑夜之墙变薄了。我想事情就应当这样:天气转暖,春天步步进逼,终要战胜冬

---

[1] 据《约翰福音》第5章记载,耶路撒冷有一水池叫毕士大池,天使每天降临搅动池水,第一个下去的人百病可治。

季。积雪融化的情景,有多少回令我赞叹不已:看表面还是原样,而下面却消融了。每年冬天,阿梅莉总要产生错觉,明确对我说:积雪一直没什么变化,殊不知看着还很厚,下面已经化了,突然间会一处处崩塌,重又显露出生命。

我担心热特律德像老年人那样,终日守着炉火,身子会虚弱下去,就开始带她到户外走走。不过,只有扶着我的胳膊,她才肯出去散步。她一出屋就惊恐万状,在她能够向我说明之前,我就看出来她从未到过户外。我在那间茅舍碰见她时根本没人管她,只给她点吃的,维持她不死,我还真不敢说是帮她活下去。她那昏暗的天地,只限于那间小屋的四壁,她从未出去过。夏天,房门敞着,外面是广阔的光明天地,她也只是偶尔到门口待一待。后来她告诉我,她听见鸟儿叫,还以为纯粹是光的作用,就像她感到脸和手暖乎乎的,也是光的爱抚一样,况且,她也没有细想,只觉得热空气暖人,就跟炉火能烧开水一样极其自然。事实上,她根本就不理会,对什么也不关心,完全处于麻木状态,直到我开始照顾她为止。还记得她听我说那些轻柔的歌声是活物发出来的,简直兴奋不已,认为那些活物的唯一功能,就是感受和抒发大自然的各种快乐。(从那天起,她就有了句口头语:我像鸟儿一样快乐。)然而,她一想到自己不能欣赏鸟儿歌唱的绚丽景象,就不免伤感起来。

"世间真的像鸟儿唱的那么美吗?"她问道,"为什么别人不说得再明白点儿呢?为什么您不对我说一说呢?您是想我看不见,怕让我难过吗?您这么想就错了。鸟儿的歌声,我听得很真切,觉得完全明白它们说的是什么。"

"看得见的人,倒不如你听得那么明白,我的热特律德。"我对她这样讲是想安慰她。

"别的动物怎么不歌唱呢?"她又问道。她的问题有时出乎我的意料,一时难以回答,因为,她迫使我思考原先我不感到奇怪就接受的事理。于是,我第一次注意到,越是贴近大地的动物越沉重,也越悲伤。我设法让她明白这一点,并向她提起松鼠及其嬉戏。

这又引起她发问:"鸟儿是不是唯一会飞的动物?"

"蝴蝶也会飞。"我回答。

"蝴蝶歌唱吗?"

"它们用另一种方式表达快乐,"我又说道,"它们把快乐用鲜艳的颜色写在彩翼上……"接着,我就向她描绘蝴蝶斑斓的色彩。

2月28日

我得回顾一下,只因昨天我有点被动。

为了教热特律德,我也不得不学盲文,但时过不久,她就学得比我快了,我觉得颇为吃力,总想用眼睛看,不习惯用手摸读。再说,又有了帮手,也不只是我一个人教她了。起初我很高兴,因为,本乡我有很多事务,而住户又极分散,访贫探病往往要长途跋涉。本来这期间,雅克又去洛桑的神学院,初修功课,圣诞节回家度假,不知怎么滑冰摔伤,胳膊骨折了。我立刻请来马尔丹先生,他认为伤势并不严重,没怎么费劲就给接上了,无须另请外科医生,但是雅克要在家待一段时间养伤。在这之前,雅克从未仔细端详过热特律德,现在他突然发生兴趣,要帮我教她学习,不过也只限于养伤期间,大约三周。可是就在这三周里,热特律德进步非常明显。她的智慧昨天还处于懵懂状态,现在刚刚学步,还不怎么会走就跑起来,真令我惊叹。她不大费劲就能设法表达思想,相当敏捷,也相当准确,绝没有孩子气,根据所学形象地表达出来,总能大大出乎我们的意料。我们利用教她辨识的物品,向她讲解和描绘的那些不能直接触到的东西,就像使用丈量仪测量一般。

这种教育的最初几个阶段,我认为无须在这里一一记述,应是所有盲人教育的必经之路。我想每个教授盲人的老师,都要碰到颜色这个难题。(提起这一点,我要指出《圣经》里没有一处谈到颜色的问题。)不知道别人是如何教法,我首先告诉她彩虹透过三棱镜所显示的七种颜色;不过这样一来,颜色和光亮又随即在她头脑里混淆了。我也意识到她单凭想象力,还难以区别色质和画家所说的"浓淡色度"。最难理解的是,每种颜色还可能有深有浅,不同颜色相混能调出无限多的颜色,她觉得这怪极了,动不动就扯到这个话题上。

于是,我找了个机会,带她去纳沙泰尔听了一场音乐会。我借助每种乐器在交响曲中的作用,又回到颜色的问题上,让热特律德注意铜管乐器、弦乐器和木管乐器的不同音色,注意每件乐器各自以或强或弱的方式,能发出从最低到最高的整个音阶。我让她也这样联想自然之物：红色调和橙色调类似圆号和长号的音色，黄色调和绿色调类似小提琴、大提琴和低音提琴的音色，而紫色调和蓝色调则类似长笛、单簧管和双簧管。她听了心中喜不自胜，疑云随之消散了。

"那该多美呀！"她一再这样说。

继而，她突然又问道：

"那么，白色呢？我这就不明白了，白色像什么……"

我立刻意识到，我这样比喻多么经不起推敲。

不过，我还是尽量向她解释："白色，就是所有音调交融的最高极限；同样道理，黑色则是最低极限。"这种解释，别说是她，连我自己也不满意，同时我也注意到，无论木管乐器、铜管乐器还是提琴，从最低音到最高音，都能分辨出来。有多少回，我就像这样被问住，只好搜索枯肠，不知打什么比喻才能说清楚。

"这么说吧！"我终于对她说，"你就把白色想象成完全纯洁的东西，根本没有颜色了，只有光的东西；反之，黑色，就像颜色积聚，直到一片模糊……"

我在此重提对话的片段不过是个例证，说明我经常碰到这类难题。热特律德这一点很好，从不不懂装懂，不像一般人那样，脑子里装满了不确切或错误的材料以后一开口就出错。一个概念只要没弄明白,她就坐卧不安。

就我上面所讲的情况,光和热这两个概念,起初在她的头脑里紧密相连,这就增加了难度,后来我费了九牛二虎之力才分开。

通过对她的教育,我不断有所体验:视觉世界和听觉世界相去多远,拿一个同另一个打比方,无论怎样都有欠缺。

2月29日

我只顾打比方,只字未提纳沙泰尔音乐会,热特律德却对音乐会产生极大乐趣。那天的节目恰巧是《田园交响曲》。我说"恰巧",这不难理解,因为我希望让她听的,没有比这更理想的作品了。我们离开音乐厅之后,好长时间热特律德还心醉神迷。

"你们所看到的,真的那么美吗?"她终于问道。

"真的那么美呀,亲爱的。"

"真像《溪畔景色》那样?"

我没有立刻回答,心想这种难以描摹的和谐音乐,表现的并不是现实世界,而是可能没有邪恶和罪孽的理想世界。我还一直未敢向热特律德谈起邪恶、罪孽和死亡。

"眼睛能看见东西的人,并不懂得自己的幸福。"我终于说道。

"我眼睛倒是一点儿也看不见,"她立刻高声说,"但是我尝到听得见的幸福。"

我们朝前走,她紧紧偎依着我,像孩子一样拽着我的胳膊。

"牧师,您能感到我有多么幸福吗?不,不,我这么说并不是要讨您喜欢。您瞧瞧我:不是能从脸上看出来吗?我呢,一听声音就能听出来。您还记得吧,有一天,阿姨(她这样称呼我太太)责备您什么事也不肯帮她做,过后我问您,您说您没有哭,我马上嚷起来:'牧师,您说谎!'唔!我从您的声音立即就听出来,您没有对我讲真话;我不用摸您的脸就知道您流过泪。"接着,她又高声重复,"是的,我用不着摸您的脸。"这话说得我脸红了,因为我们还在城里,行人纷纷回头瞧我们。然而,她还是照旧说下去:

"喏,不应当存心骗我。一是欺骗盲人就太卑鄙了……二是这也骗不了人。"她笑着补充道,"告诉我,牧师,您还算幸福吧,对不对?"

我拉起她的手,放到我嘴唇上,仿佛避免向她承认,要让她觉出我的一部分幸福来自她,随即又答道:

"不错,热特律德,我还算幸福。我怎么能说不幸呢?"

"可是,有时候您怎么哭呢?"

"有时候我哭过。"

"从我说的那次以后,再没有哭过?"

"没有,再也没有哭过。"

"您那是不想哭了吗?"

"对,热特律德。"

"您再说说……那次以后,您还有过想说谎的情况吗?"

"没有,亲爱的孩子。"

"您能向我保证,永远也不会骗我吗?"

"我向你保证。"

"那好!您这就告诉我:我长得美吗?"

问得突如其来,我一下就愣住了,况且,直到这天为止,我根本就不想留意热特律德不可否认的美貌;再说,我也认为毫无必要把这情况告诉她本人。

"你知不知道有什么关系呢?"我随即反问一句。

"这是我一件心事。"她回答,"我就是想知道我是不是……您怎么说的?……我在交响曲中是不是太不和谐。牧师,除了您,这事儿能问谁呢?"

"牧师无须考虑人的相貌美不美。"我还极力辩驳。

"为什么?"

"因为,对牧师来说,灵魂美就够了。"

"您这是让我相信我长得丑啦。"她说着,撒娇地噘了噘嘴。见此情景,我憋不住了,便高声说道:

"热特律德,您明明知道自己长得很美。"

她不再说话了,神态变得十分庄重,一直到家还保持这种表情。

我们刚进屋,阿梅莉话里话外就让我明白,她不赞成我这样消磨一天时间。本可以事前跟我讲,可是她一言不发,放我和热特律德走了,先听之任之,但保留事后责备的权利。就是责备也不明言,而是用沉默表达出来。她既已知道我带热特律德去听音乐会了,见我们回来就问一问我们听了什么,这不是很自然的事吗?哪怕略表关怀,让这孩子感到别人关注她玩得开心不开心，不是让她更加高兴吗？况且，阿梅莉并不是真的沉默，而是有意只讲些无关痛痒的事。等晚上孩子们都睡下了，我就把她拉开，口气严厉地问她：

"我带热特律德去听音乐会，你生气啦？"

"你对家里哪个人，也不会像对她这样。"

看来，她心里总怀着同样的怨恨，始终不理解"欢迎回头的浪子，而不款待在家的孩子"的寓意。还令我难受的是，她根本不考虑热特律德是个有残疾的孩子，除了受点照顾，还能期望什么呢。平时我很忙，碰巧那天空闲，而阿梅莉明明知道我们孩子不是要做功课，就是有事脱不开身，她本人对音乐毫无兴趣，音乐纵然送上门来，她有多少时间，也想不到去听听，因此，她的责备显得尤为不公道。

阿梅莉居然当着热特律德的面讲这种话，就更令我伤心了。当时她虽然被我拉开了，但她故意提高嗓门儿，让热特律德听见。我感到伤心，更感到气愤。过了一会儿，等阿梅莉走了，我就靠近前，拉起热特律德的小手，贴到我的脸上：

"你摸摸！这回我没有流泪。"

"没有，这回轮到我了。"她强颜一笑，说道。她朝我抬起那张清秀的脸,我猛然看见她泪流满面。

3月8日

我所能做的唯一让阿梅莉喜欢的事,就是不干她不喜欢的事情。这种完全消极的爱情表示,是她唯一能接受的。她也不可能意识到,她把我的生活限制到何等狭窄的圈子里。噢!但愿她要我干一件难办的事,哪怕为她赴汤蹈火,我也在所不辞!然而,她似乎讨厌一切打破习惯的行为,因此在她看来,生活的进步,无非是雷同的一天天加到过去上。她不希望,甚至不接受我再有新的品德,也不接受已有的品德进一步完善。她即便不表示反对,也是怀着不安的心情,注视灵魂力图从基督教教义中,看出驯化本能这一点之外的东西。

有件事我得承认,阿梅莉让我一到纳沙泰尔,就去缝纫用品商店结一下账,并给她带回一盒线,我却忘得一干二净。事后,我对自己生的气比对她的气还大,尤其我临走还保证绝错不了,深知"小事办不好,大事也不可靠"的说法,就担心她从我的疏忽中得出这种结论来。毫无疑问,在这点上我该受责备,也宁愿她责备我几句。要知道，臆想的怨恨，往往超过明确的指责。噢！我们若能只看实际的痛苦，绝不倾听我们思想中幽灵和魔鬼的声音，那么生活该有多美好，苦难也容易忍受了……我信笔写来，这简直成了一场布道的主题了（《马太福音》第12章第29节："无须惴惴不安"[1]）。而我在这里要记述的，是热特律德智力和思想的发展过程。我回到正题上来。

这一发展过程，我本想一步一步记述，而且开头已经讲得很细了；怎奈我没有时间，不能详详细细地记录每个阶段，现在回想也极难准确地将这过程贯穿起来。我顺着思路，先讲了热特律德的想法，以及我同她的谈话。这些情况都近得多，有人若是看了，无疑会奇怪时间不长，她竟表达得如此准确，说理如此头头是道。不过，她的进步也的确快得惊人。我经常赞叹她头脑敏捷，能领会我的思路，而且什么也不放过，不断吸收消化各种知识。我这个学生往往想到我的前头，超越我的思想，着实令我惊讶，每次谈话下来，往往令我刮目相看。

---

[1] 应为《圣经·路加福音》第12章第29节，原文为"你们不要求吃什么，喝什么，也不要担心"。

不过几个月的工夫，她的智力真不像沉睡了那么多年。她的智慧已经为大多数少女所不及，只因正常少女总为外界分心，主要精力消耗在一些鸡毛蒜皮的事情上。此外，我认为她的实际年龄，比我们当初估计的要大。她似乎要把双目失明这一不利因素变为有利因素。于是，我产生一个疑问：在许多方面，她的残疾是不是成为一个长处。我不免拿她同夏洛特相比，在我辅导学习的时候，只要飞过一只小苍蝇，夏洛特也要分神，我就要想："她的眼睛若是也看不见，听我讲解肯定会专心多啦！"

自不待言，热特律德非常渴望阅读，但是我要尽量伴随她的思想，宁愿她少读，至少我不在时少读一些，也主要让她读读《圣经》——这在新教徒看来有点反常。这一方面我要说明一下，不过在谈及这个重大问题之前，我想先说一件与音乐有关的小事。据我回想，这事发生在纳沙泰尔那场音乐会之后不久。

不错，那场音乐会，我想是在雅克回家度暑假的三周前。在那段时间里，我不止一次带热特律德去我们的小教堂，让她坐在小风琴前。这架风琴平时由路易丝·德·拉·M.弹奏，现在热特律德就住在这位老小姐家中。当时，路易丝·德·拉·M.还没有开始给她上音乐课。我虽喜爱音乐，但是懂得不多，同她并排坐到键盘前的时候，也觉得自己没有能力教她什么。

"不，让我自己来吧，"她刚摸几下琴键，就对我说道，"我愿意自己试一试。"

我最好离开她，觉得同她单独关在小教堂里毕竟不妥，一来要敬重这个圣地，二来也怕惹起非议——尽管平常我根本不理睬那些流言蜚语，但这又牵连到她，而不仅仅是我一个人的事了。我每次到某地巡视，就带她去，把她一个人丢在教堂里，往往几个小时之后，到了傍晚再去接她，只见她还在聚精会神地学琴，耐心地发现和声，面对一个和音久久沉浸在喜悦中。

距今半年多之前，在八月初的一天，我去慰问一位可怜的寡妇，不巧她不在家，我只好返回教堂去接热特律德。她没有料到我回去那么早，而我不胜诧异，发现雅克在她身边。他们俩谁也没有听见我进去的声音，因为我的脚步很轻，又被琴声所掩盖。我生来不愿窥探别人，但事关热特律德的事，我无不放在心上，因此，我悄悄地登上台阶，一直走到讲坛，那是观察的极好位置。老实说,我躲在那里好大工夫,也没有听见他们哪个讲一句不敢当我面讲的话。然而,雅克紧挨着她,好几次手把手教她按键。她先对我说不用指导,现在却接受雅克的指导,这事儿怪不怪呢?我心里有多惊讶,有多难过,都不敢向自己承认,我正要上前干预,忽见雅克掏出怀表。

"现在,我该走了,"他说道,"爸爸快回来了。"

这时,我看见热特律德任由他拉起手来吻了吻。等雅克走了有一会儿工夫,我才悄无声息地走下台阶,打开教堂的门,故意让她听见声响,好以为我刚进来。

"哎,热特律德!想回去了吗?琴练得好吗?"

"哦,好极了,"她声调极其自然地回答,"今天我真的有进步。"

我伤心透了,不过,我们谁也没有提到我刚才讲的场面。

我想尽快同雅克单独谈谈。一般吃完晚饭,我妻子、热特律德和孩子们早早就撤了,我和雅克留下来,看书要看到很晚。我等待这一时刻。可是,在同雅克谈话之前,我心中十分难过,思绪异常纷乱,不知这话从何谈起,抑或没有勇气触及。倒是雅克突然打破了沉默,说他决定每逢放假都回家来过。然而就在前几天,他还对我和妻子说要去阿尔卑斯地区旅行,我们都一口答应了。我也知道他选定的旅伴,我的朋友T先生正等着他呢;因此,我明显感到,他突然改变主意同我白天撞见的场面不无关系。我先是心头火起,但是转念一想,我若是发作出来,只怕我儿子永远不会对我讲真话了,也怕自己只图一吐为快,事后又该后悔了,于是,我极力控制住自己,口气尽量自然地说道:

"我原以为T还指望与你同行呢。"

"哦!"他又说道,"也不是非我不成,再说,他也不难找个人替我。我在家休息挺好,不亚于去高地。真的,我认为在家里能更好地利用时间,总比到山里乱跑强。"

"看来,你在家里找到营生干啦?"我又问道。

他听出我话里带刺,但还不知其中缘故,他注视着我,满不在乎地又说道:

"您知道,我一直喜欢的是书,而不是登山杖。"

"不错,我的朋友,"我反过来盯着他说道,"可是,你不认为教琴比看书更有吸引力吗?"

想必他觉出自己脸红了,便把手放在前额,仿佛要避开灯光。但是,他马上又镇定下来,说话的声调那么坚定,也不是我所希望的:

"不要过分指责我,爸爸。我无意向您隐瞒什么,我正要向您承认,却让您占先了。"

他说话一板一眼,就好像在念书本,每句话都那么平静,仿佛与己无关。他装出这种异常冷静的态度终于把我激怒了。他看出我要抢话,就抬起手,似乎向我表明:别打断我,让我先把话讲完,然后您再讲。我却不管那一套,抓住他的胳臂摇晃着,气冲冲地嚷道:

"我就是不能坐视你扰乱热特律德的纯洁心灵!哼!我宁愿再也见不到你。用不着你来表白。你是欺人家有残疾,欺人家单纯无知,欺人家老实。万万没有料到,你卑鄙无耻到了这种地步!居然像没事儿似的来跟我说话,真是可恶透顶!……你听清楚了,我是热特律德的保护人,一天也不能容忍你再同她说话,再碰她,再见她。"

"可是,爸爸,"他仍以令我火冒三丈的平静口气说道,"请相信,我像您本人一样尊重热特律德。您若以为有什么见不得人的事,那就大错特错了,我指的不仅仅是我的行为,还包括我的意图和心中的秘密。我爱热特律德,也敬重她,跟您这么说吧,我爱她和敬重她的程度是一样的。我同您的想法一样,扰乱她的心灵,欺她单纯无知,欺她双目失明,是卑鄙可耻的。"接着他又申辩,说他想要成为她的支柱、朋友和丈夫,还说他在打定主意娶她之前,本不应该对我谈这事,而且这种决定他要先跟我谈,连热特律德本人还不知道呢。"这就是我要向您坦白的事儿,"他又补充说,"请相信,我再也没有什么要向您忏悔的了。"

听了这番话,我目瞪口呆,一边听一边感到太阳穴突突直跳。我事先只想如何责备,不料他却一条一条打消了我愤慨的理由,我觉得心里慌乱极了,等他陈诉完了,我再也没有什么话可讲了。

"先睡觉吧,"我沉默好半天,终于说道。我站起身,把手搭在他肩上。"关于这一切,明天我再告诉你我的想法。"

"至少您应当告诉我,您不再生我的气了。"

"夜里我要好好想一想。"

次日,我又见到雅克的时候,就好像是初次见面,突然觉得儿子不再是小孩子,而长成小伙子了。只要我还把他当作小孩子,我就会觉得我发现的这种爱情是可怕的。我一夜都在说服自己,要相信这是极其自然和正常的。既然如此,我的不满情绪又为何越发强烈呢?这事儿稍后一点儿我才弄清楚。眼下,我必须同雅克谈谈,让他知道我的决定。一种跟良知一样可靠的本能提醒我,要不惜一切代价阻止这桩婚事。

我将雅克拉到花园的最里端。到了那儿,我劈头就问他:

"你向热特律德表白了吗?"

"没有,"他答道,"也许她已经感觉到我的爱了,不过,我一点也没有向她吐露。"

"那好!你要答应我,先不对她讲这事儿。"

"爸爸,我答应听您的话,可是,能不能告诉我是什么理由呢?"

我颇犯踌躇,不知我首先想到的,是不是最重要而应先讲的理由。老实说,在这件事上,正是良知而不是理智在指导我的行为。

"热特律德还太小,"我终于说道,"想想看,她还没领圣体呢。你也知道,她跟一般孩子不同,唉!她的发育要晚得多,那么单纯,乍一听到表白爱情的话,肯定很容易就动心了。正因为如此,千万不要对她讲。征服一个不能自卫的人,这就太卑劣了,我知道你不是那号人。你说你的感情无可指责,我却要告诉你,你的感情早熟就是有罪。热特律德还不懂得谨慎,我们应当替她多想想才对。这事要凭良心。"

雅克就有这一点长处,只需讲一句"我要你凭良心去做",就能劝住他。在他小时候,我常用这句话劝止。然而,我端详着,心里不禁暗想:他的身材又挺拔又灵活,漂亮的前额没有皱纹,眼神十分坦诚,还有几分稚气的脸上似乎突然蒙上严肃的阴影,头上没戴帽子,而浅灰色的长发在双鬓微微卷曲,半遮住耳朵,他这副模样,热特律德若是能看得见,能不赞赏吗?

"我对你还有一点要求,"我说着,就从我们坐的长椅上站起来,"你说过打算后天就动身,我求你不要推迟。你要离家整整一个月,我求你一天也不要缩短旅程。就这样说定啦?"

"好吧,爸爸,我听您的话。"

看得出来,他脸色变得煞白,连嘴唇也没了血色。不过我确信,他这么快就顺从,心中的爱就不会太强烈，因而我感到一阵说不出来的轻松。再者，他这么听话，也令我感动。

"你还是我从前喜爱的孩子。"我口气温和地说，同时把他拉过来，亲了亲他的额头。他微微往后退了退，我也并不在意。

3月10日

房子太小，我们住在一起稍嫌拥挤，二楼虽有我一间专用和待客的小屋，但有时我做事也觉得不便，尤其想跟家里哪个人单独说话的时候，气氛总难免显得庄严肃穆了，只因这小屋像个会客室，孩子们戏称圣地，是不准随便进入的。且说那天上午，雅克去纳沙泰尔买旅游鞋，天气晴朗，午饭后，孩子们和热特律德一道出去了，她和他们也说不准谁引导谁。（我要在这里高兴地指出，夏洛特格外关心照顾她。）这样一来，到了照例要在堂屋喝下午茶的时候，很自然就只剩下我和阿梅莉。这也正是我所希望的，早就想同她谈谈。平时难得有机会同她单独在一起，我反而感到有点拘束了，事情重大，要对她讲时不免心慌，就好像要吐露自己的心迹，而不是谈雅克的恋情。在开口之前我还感到,两个相爱并在一起生活的人竟会如此陌生,彼此间像隔了一道墙。在这种情况下,我们相互讲的话就宛如探测锤,凄然地叩击这道隔墙,警示我们墙壁有多坚固,如不当心,隔墙还要增厚……

"雅克昨天晚上和今天早晨同我谈了,"我见她倒茶,便开口说道,而我的声音有点颤抖,恰同昨晚雅克的坚定声音形成鲜明的对比,"他对我说爱上了热特律德。"

"他跟你谈了就好。"她瞧也不瞧我就这么应了一句,继续干她的家务活儿,就好像我说了一件极其自然的事情,或者等于什么也没有说。

"他对我说他要娶她,他决定……"

"早就能看出来。"阿梅莉咕哝一句,还微微耸了耸肩。

"这么说,你早就觉察出来啦?"我有点不耐烦地问道。

"早就看出苗头来了,只不过这种事儿,你们男人粗心罢了。"

要分辩也无济于事,况且,她的巧妙回答也许有

几分道理,我只好指出:

"既然如此,你应当提醒我一下呀。"

她嘴角抽动,微微一笑,这种神情往往伴随并维护她的保留态度。她偏着头摇了摇,说道:

"唔!你粗心的事儿,都得由我来提醒!"

这句话话里有话,到底是什么意思呢?我不明白,也不想弄明白,干脆不理睬:

"不管怎么说,我本想听听你的看法。"

她叹了口气,又说道:

"你也知道,亲爱的,我始终就不同意把这孩子收留在咱们家里。"

我见她又重提旧事,强忍着才没有发火。

"现在不是收留不收留热特律德的事。"我刚说一句,阿梅莉就截口又说道:

"我始终认为,她来不会有好事儿。"

我特别想和解,就赶紧抓住这个话头:

"这么说,你认为这种婚姻不是什么好事儿了。好哇!我就是想听你这句话,好在我们想到一处了。"我还告诉她,雅克倒是乖乖听了我给他讲的道理,因此她无须担心,已经说服雅克明天动身,要旅行整整一个月。

"我跟你一样,"最后我又说道,"旅行回来,不想让他再见到热特律德。我考虑过了,最好把热特律德托付给德·拉·M.小姐,我还可以去那里看她,这事儿我也不隐讳,我对她承担了名副其实的义务。不久前我探了探口气,德·拉·M.小姐愿意帮我们忙,当她的新房东。这样,你也就可以摆脱你瞧着别扭的一个人。路易丝·德·拉·M.就照看热特律德,这样安排她很高兴,而且已经兴致勃勃给热特律德上音乐课了。"

阿梅莉似乎执意保持沉默,我只好又说道:

"我想,这事儿也应当告诉一下德·拉·M.小姐,免得雅克背着我们去找热特律德,你看呢?"

我这样询问,是要从阿梅莉的嘴里挤出一句话来,然而,阿梅莉就是紧闭双唇,仿佛发誓一声不吭。我实在受不了她这种缄默,再也无话可说也还是继续说道:

"再者说,雅克这趟旅行回来,也许恋爱病就治好了。他这种年龄的人,能摸得透心思吗?"

"哼!就是年龄再大些,心思也不是总能摸得透的。"她终于怪里怪气地说道。

她这种神秘兮兮的警示语气令我恼火。我生性直率，最不习惯模棱两可的态度，于是朝她转过身去，要她把话说明白。

"没什么，朋友，"她忧伤地说道，"我不过在想，刚才你还希望有人提醒你没有留意的事儿。"

"那又怎么样？"

"怎么样？我心想，也不是那么容易提醒的。"

我说过，我讨厌这种神秘兮兮的，原则上也不愿听藏头露尾的话。

"你真想让我听明白，就该把话说得再清楚些。"我又说道，但马上就后悔这话有点粗暴，因为一时间，我看见她的嘴唇在颤抖。她扭过头去，站起身，迟疑地在屋里走了几步，脚步似乎有点踉跄。

"阿梅莉，你倒是说呀，"我提高嗓门儿，"现在事情已经挽回了，你何必还自寻烦恼呢？"

我感到她受不了我的目光，就索性转过身去，臂肘撑着桌子，手抱住头说道：

"刚才我说话太粗鲁了，对不起。"

这时，我听见她走过来，继而感到她的手指轻轻

放到我的额头上,只听她含泪温柔地说了一句:

"我可怜的朋友!"

她随即离开房间。

阿梅莉的话,当时我还觉得神秘难解,不久以后就完全明白了。我原本原样叙述起初的理解,那天我只理解一点:热特律德该离开我家了。

3月12日

我给自己规定这个义务:每天在热特律德身上花一点时间,根据忙闲的程度而定,几小时或片刻时间不等。同阿梅莉谈话之后的第二天,我碰巧有工夫,好天气又邀人出游,我就带热特律德穿过树林,一直走到汝拉山脉的山口。每逢天晴气朗,站在这山口,目光透过枝叶的屏障,越过广阔的原野,就可以望见薄雾笼罩的阿尔卑斯山雪峰的美景。我们走到常歇脚的地点时,太阳已经在我们左侧开始下山了。我们脚下的坡地牧场长满密实的矮草,奶牛在稍远处吃草:在我们山区,牛脖子上都吊着铃铛。

"铃铛描绘出这里的风景。"热特律德听着铃声说道。

像每次散步那样,她要我描述我们停留的地点。

"你不是已经知道了吗,"我对她说,"这是树林边缘,能望见阿尔卑斯山。"

"今天望得清楚吗?"

"壮美的山色一览无余。"

"您对我说过,山色每天都有点变化。"

"今天的山色,就像夏天正午的干渴吧。天黑之前,山色就融入暮色中了。"

"我希望您告诉我,我们面前这大片牧场上,有没有百合花?"

"没有,热特律德,这么高的地方不长百合花,顶多只有罕见的其他品种。"

"没有人们所说的田野百合花吧?"

"没有田野百合。"

"在纳沙泰尔一带的田野,也没有吗?"

"也没有田野百合。"

"那么主为什么对我们说:'瞧瞧田野百合花'呢?"

"主既然说了,他那时代当然就有了;后来人类耕作,这种百合花就绝迹了。"

"还记得您常对我说,尘世最大的需求是信任和友爱。您认为人多一点信赖,还能重新看到田野百合花吗?我向您保证,我听这句话时,就看见了田野百合花。我来给您描绘一下,好吗?——看上去就像火焰钟,像天蓝色的大钟,充溢着爱的芳香,在晚风中摇曳。为什么您对我说,我们前边没有呢?我闻到啦!我看见牧场上开满了田野百合花。"

"这种花并不比你看到的更美丽,我的热特律德。"

"您说,并不比我看到的美。"

"跟你看到的一样美丽。"

"我要老实地告诉您,就连所罗门罩在他整个的光轮中,也不如这样一朵花的穿戴。"她引用基督的话。而我听着她那优美的声音,就仿佛头一回听见这句话。"在他整个的光轮中",她若有所思地重复道,继而沉默片刻,于是我接上说:

"我对你说过,热特律德,眼睛看得见的人不会看。"这时,我听见从内心深处升起这句祷文:"上帝啊,我要感谢你,你向聪明人掩饰的,却揭示给卑贱者!"

"您若是了解,"她兴高采烈地高声说,"您若是能了解,这一切,我多么容易就能想象出来。喏!要我向您描述景致吗?……我们身后,头顶和周围,全是高耸的冷杉,散发树脂的香味,树干是石榴红色的,平伸的深暗色长枝在风中摇曳,发出阵阵哀鸣。我们脚下就像斜面桌上摊开的一本书,展现一大片花花绿绿的牧场,忽而在云影下变得蓝幽幽的,忽而由阳光辉映得金灿灿的。书上醒目的文字便是花朵,有龙胆花、银莲花、毛茛花,还有所罗门的美丽百合花,那些奶牛用铃声拼读这些文字,既然您说人的眼睛闭着,那就由天使来看这部书吧。在这部书下方,我看见一条热气腾腾的奶液大河,遮住一道神秘的深渊,那是一条特别宽阔的河流,没有彼岸,一直到我们远远眺望的美丽耀眼的阿尔卑斯山。雅克要去那里。告诉我,他明天真的动身吗?"

"他要明天动身。是他告诉你的吗?"

"他没有告诉我,但是我一想就明白了。他要走很久吗?"

"一个月……热特律德,我是想问你……他去教堂找你,你为什么没有告诉我呢?"

"他去找过我两次。哦!我什么也不想瞒您!不过,我怕让您难过。"

"你不告诉我才让我难过呢。"

她的手寻找我的手。

"他走了会伤心的。"

"告诉我,热特律德……他对你说过爱你吗?"

"他没有对我说过,可是,这事儿不说我也能感觉出来。他不如您这么爱我。"

"那么,热特律德,眼看他走了,你伤心吗?"

"我想他还是走了好。我不能答复他呀。"

"您明明知道,我爱的是您,牧师……咦!您干吗把手抽回去?假如您没有结婚,我就不会对您这样讲了。其实,谁也不会娶一个双目失明的姑娘。因此,我们为什么不能相爱呢?您说,牧师,您认为这种爱是作恶吗?"

"爱里面从来没有恶。"

"我感到心中只有善。我不愿意让雅克痛苦,我也不愿意给任何人造成痛苦……我只想给人幸福。"

"雅克打算向你求婚。"

"他走之前,您能让我同他谈谈吗?我想让他明白,他应当放弃对我的爱。牧师,您理解,谁我也不能嫁,对不对?您让我同他谈谈,好吗?"

"今天晚上就谈吧。"

"不,明天,就在他临走的时候……"

夕阳落入灿烂的晚霞中。空气温和。我们站起身,说着话又沿着幽暗的小径往回走。

第 二 篇

4月25日

这本记事本,我不得不撂下一段时间。

积雪终于化了,道路一通,我就赶紧处理村子长期被雪封住时延误的大量事务。直到昨天,我才稍微有点闲暇。

昨晚,我又重看了一遍我写出的部分……

今天,我才敢正名,直呼我久久不敢承认的内心感情。实在难以解释,我怎么会把这种感情误解到现在。对于阿梅莉的一些话,我怎么会觉得神秘难解,在热特律德天真的表白之后,我怎么还会怀疑我是否爱她。这一切只因为我当时绝不承认可以有婚外恋,也绝不承认在我对热特律德的炽烈感情中,有任何违禁的成分。

她的表白那么天真，那么坦率，当时倒叫我放了心。我心想：她还是个孩子。若真是爱情，总难免羞涩和脸红。从我这方面讲，我确信我爱她就像怜爱一个有残疾的孩子。我照顾她就像照看一个病人，我把训练她当成一种道德义务，一种责任。对，的确如此，就在她对我表白的当天晚上，我感到心情十分轻松欢快，竟然误解了，还把谈话记录下来，更是一误再误，只因我认为这种爱应受到谴责，而受到谴责心情必然沉重，但当时我的心情并不沉重，也就不相信是爱情了。

我不仅如实记录了这些谈话，还如实转达了当时的心态。老实说，直到昨天夜晚重读这些谈话时，我才恍然大悟……

雅克去旅行，要到假期快结束时才能回来。临行前，我让热特律德同他谈谈话，而他却有意回避热特律德，或者只想当着我的面同她说话。他走后不久，我们又恢复了极为平静的生活。按照商量好的办法，热特律德搬到路易丝小姐那里住了。我每天去看她，但是害怕重提那种爱情，我就有意不再同她谈论会使我们激动的事儿。我完全以牧师的身份同她讲话了，而且尽量当着路易丝的面，主要指导她的宗教教育，让她准备好，在复活节那天初领圣体。

复活节那天，我也授了圣体。

那是半个月前的事儿了。雅克有一周假，回家来过了，但令我吃惊的是，他没有陪我待在圣餐桌上。我还十分遗憾地指出，阿梅莉也没有去，这种情况还是我们结婚以来头一回。他们母子二人似乎串通好，故意不参加这次隆重的礼拜，给我的欢快投下阴影。我感到庆幸的是，这一切热特律德看不到，因此唯独我一人承受这阴影的压力。我十分了解阿梅莉，自然看得出她的行为中谴责的全部意图。她从不公然驳斥我，但喜欢用回避的方式表示反对。

我深深感到不安，这种怨恨——我是说如同我不愿意看到的那样——可能拖累阿梅莉的灵魂，乃至偏离最高的利益。回到家里，我衷心为她祈祷。

雅克没有参加礼拜则另有原因，事后不久我同他谈了一次话便清楚了。

5月3日

我要指导热特律德修习宗教，便以新的眼光重读了福音书，越看越发现构成基督教信仰的许多概念，并不是基督的原话，而是圣保罗的诠释。

这正是我最近同雅克争论的话题。他生来性情偏于冷淡，那颗心就不能向思想供应充分的养料，也就变成因循守旧的教条主义者。他指责我断章取义，拿基督教教义"为我所用"。其实，我并没有选取基督的这句话或那句话，只是在基督和圣保罗之间，我选择了基督。他担心把基督和圣保罗对立起来，不肯拆开两者，无视从一个到另一个给人的启示明显不同，还反对我的说法：我听一个是人语，听另一个则是上帝的声音。越听他推理我越确信这一点：他丝毫也感觉不到基督每句简单的话所独有的神韵。

我遍读福音书，也没有找到戒律、威胁、禁令……这些都出自圣保罗之口，在基督的话中却找不到，正是这一点令雅克难堪。像他这类心性的人，一旦感到失去依靠、扶手和凭栏，就不知所措了。他们也难以容忍别人享有他们放弃的自由，总想强夺别人出于爱心要给予他们的东西。

"可是，爸爸，"他说，"我也希望别人灵魂幸福。"

"不对，我的朋友，你是希望那些灵魂驯服。"

"在驯服中才有幸福。"

我不愿意吹毛求疵,也就没有反驳,但是我完全清楚,寻求幸福而不从幸福入手,只从其结果求之,肯定是南辕北辙。我也清楚,如果真的认为充满爱的灵魂能情愿在驯服中自得其乐,那么再也没有比无爱的驯服更远离幸福的了。

不过,雅克还颇为善辩,我在这年少的头脑里若不是发现这么多僵死的教条,那么无疑会大大赞赏他推理的力度和逻辑的严谨。我经常觉得我比他年轻,而且一天比一天年轻,我反复背诵这句话:"你们若不回转,变成小孩子的样式,断不得进天国。"

把福音书主要当作"通往幸福生活的途径",难道就是背叛基督,难道就是贬低和亵渎福音书吗?基督徒本应处于快乐的状态,可是却受到怀疑和冷酷的心的阻碍。每个人多多少少都可以快乐。每个人也应当追求快乐。在这个问题上,热特律德微微一笑教给我的,胜过我给她上的课程。

基督的这句话字字放光,呈现在我面前:"你们若瞎了眼,就没有罪了。"罪过,就是遮蔽灵魂的东西,就是阻碍快乐的东西。热特律德浑身焕发的完美幸福,就是因为她不知何为罪过。她身上只有光明和爱。

我将"四福音书"、《诗篇》、《启示录》和"约翰三书",放到她那警觉的手上,她从中能读到"神就是光,有他毫无黑暗",正如她在心中那部福音书中,已经听见救世主说:"我是世界的光;跟从我的就不在黑暗里走。"保罗的书信就不给她了,因为,她既然失明,也就没有罪了,又何必给她读这样的话,"叫罪因着诫命更显出是恶极了"[1],以及随后即使非常出色的论证,从而让她心神不宁呢?

5月8日

昨天,马尔丹从拉绍德封来了。他用验光镜仔细检查了热特律德的双眼。他对我说,他同洛桑的眼科专家鲁大夫谈过热特律德的情况,还要把这次检查的结果告诉鲁大夫。两位医生一致认为,热特律德的眼睛可以动手术。不过我们商量好,没有更大的把握,对她本人绝口不提。马尔丹去同鲁大夫做出诊断再来通知我。这种希望可能转瞬即逝,那又何必让热

---

1 见《圣经·新约·罗马书》第7章第13节。

特律德空欢喜呢？——何况，她现在这样不是很幸福吗？……

5月10日

复活节那天，雅克和热特律德在我面前又见面了——至少是雅克又见到热特律德，同她说了话，也只讲些无足轻重的事儿。他并不像我担心的那样激动，我也再次确信，尽管去年临行前，热特律德明确对他说过这种爱没有希望，他的爱若真是特别炽热，就不会这么容易压下去了。我还注意到，现在他对热特律德称呼"您"了，这样当然很好。我并没有要求他这样做，见他自己就明白了这一点，我自然很高兴。不可否认，他身上有不少优点。

然而，我还有疑虑，雅克不会没有经过思想斗争，就这样顺从了。糟糕的是，他强加给自己心灵的约束，现在他认为可取，就会希望强加到所有人头上。最近同他讨论，我就感觉到这个问题，并在前面记述下来。

拉罗什富科[1]不是说过,思想往往受感情欺骗吗?自不待言,我了解雅克的脾气,知道他越辩论越固执,就没敢立即向他指出拉罗什富科的话。不过,我碰巧在圣保罗的书中(我只能用他的武器同他较量),找到了反驳他的话,当天晚上,我在他房间留了一张字条,上面写道:"不吃的人不可论断吃的人;因为神已经收纳他了。"

我本可以再抄上后面这句话:"我凭着主耶稣确知深信,凡物本来没有不洁净的;惟独人以为不洁净的,在他就不洁净了"但是我未敢抄上去,唯恐雅克头脑里掠过妄测之念,推想我对热特律德存心不良。显然这里讲的是食物,不过,《圣经》中许多段落不是可做出两三种解释吗?(例如:"你的眼睛若是……";面饼倍增的奇迹;迦南婚宴上的奇迹[2],等等。)这里不是钻牛角尖,这句话的确含义深远:规定约束的不应是法律,而应是爱德,因此,圣保罗又赶紧强调:"然而,

---

[1] 拉罗什富科(François de la Rochefoucauld, 1613—1680):法国公爵,散文家,著有《回忆录》和《箴言录》。
[2] 均为耶稣显圣的故事,他用几个面饼和几条鱼,让数千人果腹还有剩余;他在婚宴上变水为酒。

你若因食物叫弟兄忧愁，就不是按着爱人的道理行。"只因缺少爱德，魔鬼才袭击我们。主啊！从我心中排除不属于爱的一切思想吧……我真不该向雅克挑战。次日，我在我的书案上发现我的那张字条，只见雅克在背后抄了同一章的另一句："基督已经替他死，你不可因你的食物叫他败坏。"[1]

这一章我又从头至尾看了一遍。这是一场无休无止的争论的开端。然而，我怎么能用这种种困惑扰乱，用这重重乌云遮蔽热特律德的明媚天空呢？我教导她，并让她相信，唯一的罪恶，就是侵害别人的幸福，或者损害我们自己的幸福。

唉！有些人就是拒幸福于门外，他们无能、蠢笨……我想到我可怜的阿梅莉。我不断劝说推动她，想把她硬拖上幸福之路。不错，我想把每个人都举到上帝那里。可是她总是躲躲闪闪，自我封闭，就像有些花朵见不得一点阳光。她见到什么都不安，都伤心。

"有什么办法呢，朋友，"有一天她答道，"我生来没有瞎眼的命啊。"

---

1 见《圣经·新约·罗马书》第14章。

噢！她的嘲讽多令我痛苦啊，要有多大涵养，我才不至于乱了方寸！然而，我觉得她应当明白，这样含沙射影触及热特律德的残疾，会给我造成特别大的伤害。而且，她还让我感觉到，我对热特律德的特别赞赏，无非是那种无止境的宽厚：我从未听她讲过半句怨恨别人的话。我不让她知道任何可能伤害她的事儿。

幸福的人以爱的辐射，向周围撒播幸福，而阿梅莉的周围，则是一片黝黯和沮丧。阿米埃尔[1]大约这样写道：他的灵魂射出黑光。我访贫问苦，看望病人，奔波一天之后，天黑回到家中，有时疲惫不堪，内心多么渴望得到休息、关爱的热情，可是到家里听见的，往往是愁苦、非难和争执，相比之下，我宁愿到外面去受那寒风冷雨。我们家的老用人罗莎莉一向固执己见，而阿梅莉又总想逼她退让，我知道老女佣不见得全错，女主人也不见得全对。我也知道夏洛特和加斯帕尔顽皮得要命，然而，如果阿梅莉不总那么喊叫，声音压低一点儿，难道效果就差了吗？叮嘱、警告、训

---

[1] 阿米埃尔（Amiel, 1821—1881）：瑞士作家、哲学家，用法语写作。他在《阿米埃尔日记》中详细分析了他面对生活的不安和畏怯。

斥简直太多了，就跟海滩上的卵石一样失去棱角，孩子们不怎么在乎，倒吵得我难以安生。我还知道，小儿子克洛德正出牙（他每次哭闹至少得到母亲的支持），他一哭起来，母亲或萨拉就赶紧跑过去，不停地哄他，这不等于鼓励他哭闹吗？我确信什么时候趁我不在家让他哭个够，弄几次他就不会总那么哭了。可是我知道，她们准会急忙跑过去。

萨拉酷似她母亲，因此，我很想把她送进寄宿学校。因为，我在萨拉身上只发现世俗的兴趣。她效仿母亲，只关心庸庸琐事，脸上没有什么表情，仿佛僵化了，显露不出一点心灵的火焰。对诗歌毫无兴趣，连书也不看。什么时候撞见她们母女谈话，我也没有听到我希望参与讨论的话题。我在她们身边，只能更痛苦地感到我是多么孤独，还不如回我的书房，我也逐渐养成了这种习惯。

同样，从去年秋天起，我趁天黑得早，又养成另一种习惯——每次巡视回来，只要有可能，也就是说回来得比较早，我就去路易丝·德·拉·M.家喝茶。有一点我还没有交代，去年十一月，经马尔丹介绍，路易丝·德·拉·M.和热特律德收留了三个盲女。

热特律德成了老师,教她们识字和做各种小活儿。几个女孩已经做得相当熟练了。

每次回到名为"谷仓"的那栋房子的温暖氛围中,我感到多大的安慰啊!假如一连两三天没有去,我又觉得是多大的损失啊!不用说,德·拉·M.小姐有能力收养热特律德和那三个女孩,不必为她们的生活操心和发愁,有三名忠心耿耿的女用人当帮手,繁重的活儿全替她干了。路易丝·德·拉·M.一贯照顾穷人,她那颗心灵十分笃信宗教,仿佛整个身心要献给人世,活在世上只为了爱。她那镂花软帽下头发已经斑白,但那笑容却无比天真,那举止无比和谐,那声音无比优美。热特律德学会了她的言谈举止、话语声调,不仅声音,而且思想,整个人儿都相像,我时常同两个人开玩笑,但是她俩谁也没有觉察这种现象。我若是有时间在她们身边多待一会儿,该有多好啊!看她们坐在一起,热特律德有时额头偎着这位朋友的肩膀,有时把手放在她手里,听我朗诵拉马丁或雨果的诗篇,而我同时观赏诗句在她们清澈的心灵里激起的涟漪!就连那三个女孩对诗也不是无动于衷。她们在这种恬静和爱的气氛中,成长得异常快,有了长足的进步。路易丝说起为了健康和娱乐,要教她们跳舞,我乍一听还置之一笑,而现在我多么赞赏她们富有节奏的优美动作,只可惜她们自己无法欣赏!然而,路易丝小姐却让我相信,她们瞧不见动作,但是能感受到肌肉活动的和谐。热特律德也加入跳舞的行列,她舞姿优美,喜气洋洋,显得开心极了。有时,路易丝·德·拉·M.跟孩子一起嬉戏,热特律德则坐下弹琴。她在音乐上的进步惊人,现在每逢星期日就去教堂弹琴,她还能即兴弹几段短曲,作为圣歌的前奏。

每个星期天,她就来我家吃午饭。我的孩子在情趣方面,尽管同她相差越来越大,还是很高兴同她见面。阿梅莉也没有怎么表露不耐烦的样子,一餐饭下来没有发生什么不愉快的事。饭后,全家人陪同热特律德回"谷仓",晚半晌儿就在那里吃点心。孩子们就像过节似的,受到路易丝的盛情款待,甜食点心管够。如此盛情,阿梅莉也不能无动于衷,她终于舒展眉头,焕发了青春生气。我想从今以后,她在枯燥乏味的生活中,恐怕难以离开这种暂歇了。

5月18日

晴朗明媚的日子又来了,我又能和热特律德一道出去,这种机会不久之前才有可能(因为前一阵又下了大雪,几天前道路还难以通行),而且很久以来,我们也没有单独在一起了。

我们脚步挺快。冷风吹红了她的面颊,不断把她的缕缕金发吹到脸上。我们沿着泥炭沼的边缘走去,我顺手折了几根开花的灯芯草,插进她的软帽下,和她头发一起编成辫子,就不会吹落下来了。我们好久没有单独在一起了,一时不免惊诧。路上几乎没有怎么说话。热特律德没有视觉的脸转向我,突然问道:

"您认为,雅克还爱我吗?"

"他早已决定不同你交往了。"我当即回答。

"不过,您认为他知道您爱我吗?"她又问道。

去年那次谈话,在前面记述了,事过六个多月(想想真吃惊),我们之间只字未提爱情。我说过,我们一直没有单独见面,这样也许更好……我听了热特律德的问话,心怦怦狂跳起来,不得不放慢脚步。

"可是,热特律德,谁都知道我爱你呀!"我高声说道。

她才不上这个当,说道:

"不,不是,您没有回答我的问题。"

她低下头沉默了片刻,又说道:

"阿梅莉阿姨知道这事儿,我也知道这事让她伤心。"

"没有这事儿,她也要伤心,"我分辩道,但声调却不大坚定,"她生来就是愁苦的性情。"

"唔!您总想宽慰我的心,"她颇不耐烦地说道,"可是,我用不着人来宽慰。我知道,有许多事情您不告诉我,怕引起我不安,或者使我难过。许多事儿我不知道,结果有时候……"

她声音越来越低,终于停止,仿佛没了气力。我接过她未说完的话,问道:

"有时候怎么了?……"

"结果有时候,"她忧伤地又说道,"我觉得您给我的全部幸福,是建立在无知上面。"

"可是,热特律德……"

"别打断,让我说下去,这样的幸福我不要。您要明白,我并不……我并不是非要幸福不可。我宁愿了解真相。有许多事情,当然是伤心事,我看不见,但是您没有权利向我隐瞒。冬季这几个月,我考虑了很久。喏,我担心整个世界并不像您对我说的那么美好,牧师,我甚至担心差远了。"

"不错,人往往把世间丑化了。"我心慌意乱。如果想这样奔泻,我着实害怕,想扭转又难以得手。她似乎就等着我这样说,立刻抓住话头,就像抓住了链条的主要环节:

"好啊,"她高声说道,"我正想弄清楚,我是否又增添了罪恶。"

我们继续快步朝前走,好一阵工夫谁也没有说话。我感到我本来可以对她讲的,不待出口就撞上她的想法,唯恐一言不慎激出什么话语,殃及我们二人的命运。我又想起马尔丹对我说过,经过治疗她可能恢复视力,心里就感到极度恐慌。

"我早就想问您,"她终于又说道,"可是又不知道该怎么说……"

无疑,她问要鼓起全部勇气,我听也要鼓起全部勇气。然而,我怎么能预见她苦苦想的问题呢?

"盲人生的孩子,也一定是盲人吗?"

这场对话,不知道是她还是我感到压力更大,但事已至此，我们总得谈下去。

"不，热特律德，"我回答，"那是极特殊的情况。盲人生的孩子，毫

她似乎完全　　　　　　过来问她为什么要问我这事儿，　　　　　拙地补充一句：

"可是，热　　　　　生孩子呀。"

"别对我讲　　　　　不是事实。"

"我按照　　　　　道，"不过，人类法律和上　　　　律却允许。"

"您可　　　　　的法则。"

"这　　　　　讲的，而是慈爱。"

"

"

　　　　　　　　　　　　　啦？"

"你这

"唉！您完全清楚，用不着我讲。"

我想拐弯抹角也是徒然，我的论证溃不成军，整颗心败退下来。我气急败坏，还是高声说：

"热特律德……你认为你的爱有罪吗？"

她立刻纠正：

"是我们的爱……我想我应当这样看。"

"怎么样呢？"

我忽然发觉，我的声调有哀求的意味，而她却一口气把话说完：

"然而我又不能割舍对您的爱。"

这是昨天发生的事情。起初我颇为犹豫，要不要记述下来……我想不起这次散步是如何结束的，只记得我紧紧挽住她的胳臂，我们脚步匆忙，仿佛是在逃跑。我的灵魂已经出窍，路上哪怕踩到一个小石子，我觉得我们也会跌倒在地。

5月19日

今天上午，马尔丹又来了。热特律德可以动手术。鲁大夫肯定了这一点，并要求把她交给他一段时间。我固然不能反对这种安排，但是卑怯地要求容我考虑一下，容我慢慢让她有个思想准备……我的心本应高兴得跳起来，却感到沉重，有一种莫名的惶恐。一想到要通知热特律德有望恢复视力，我顿时就泄气了。

5月19日夜

我又见到了热特律德,却只字未提这事儿。今天晚上,我趁"谷仓"客厅无人,便上楼溜进她的房间。屋里只有我们二人。

我长时间紧紧搂着她。她没有一点抵制的动作,后来她朝我抬起头,我们的嘴唇相遇了……

5月21日

主啊,难道是为了我们,难道是为了我,您才创造出如此幽深、如此美妙的黑夜吗?空气温煦,月光照进敞开的窗户,我倾听苍穹无边的寂静。我这颗心在无言的神往中,融入了天地万物,隐隐萌生了崇敬,连祈祷也语无伦次了。爱若是受局限,那么这种限制也缘于世人,而不是来自您。我的上帝。我的爱,在世人眼里无论显得多么有罪,请告诉我哟,在您看来是神圣的。

我力图超越罪孽的概念,但总觉罪孽是不可容忍的,我绝不愿意抛弃基督。不,我不接受爱热特律德有罪。我要想从内心根除这种爱,就只能把我这颗心也拔出来,何以如此呢?哪怕我不爱她了,我也得出于怜悯而爱她。不再爱她，就是背情弃义：她需要我的爱……主啊，我不明白了……只理解您了。指引我吧！有时我就觉得，我在黑暗里愈陷愈深，要给她恢复的视力，正是从我身上剥夺去的。

热特律德昨天住进洛桑医院，大约二十天才能出院。我怀着极度的惶恐等她归来。马尔丹要送她回来。热特律德要我答应住院期间不去看她。

5月22日

马尔丹来信说：手术成功。感谢上帝！

5月24日

迄今为止，她看不见我而一直爱我，可是，想想她要看见我了，这个念头令我坐立不安，简直难以忍受。她会认出我来吗？有生以来，我头一回对着镜子惴惴不安地询问。假如我感觉出她的眼睛不如她的心那么宽容，那么深情，我该怎么办呢？主啊，有时候觉得，为了爱您，我需要她的爱。

5月27日

我又增加了工作量,这几天过得还不算十分焦急难耐。每件事都值得庆幸,让我无暇自顾。可是她的形象却无所阻隔,从早到晚都追随着我。

热特律德应当明天回来。这一周,阿梅莉只向我表现她性情最好的一面,似乎有意让我忘掉去住院的姑娘,并和孩子一道准备庆贺她出院归来。

5月28日

加斯帕尔和夏洛特去树林和牧场,采来所能寻到的野花。老女佣罗莎莉做了一个特大号的蛋糕,萨拉则别出心裁用金箔来装饰蛋糕。我们等她中午回来。

为了消磨等待的这段时间,我就坐下来写点儿日记。现在十一点钟了,我不时地抬头张望大路,看看有没有马尔丹马车的影子。我控制住自己,没有前去迎候,这样好些,要照顾阿梅莉的面子,不能单独去迎接。我的心却冲出去了……啊!他们到啦!

5月28日晚

我陷入不堪设想的黑夜!可怜可怜吧,主啊,可怜可怜吧！我情愿割舍对她的爱，主啊，千万别让她死去！

我这样担心完全有理由！她干了些什么？她到底要干什么呀？阿梅莉和萨拉回来告诉我，她们一直送她到"谷仓"门口，德·拉·M.在那里等候。可是，她还要出门……到底出了什么事？

我想理一理自己的思绪。别人向我讲的情况不可理解，或者相互矛盾。我的头脑乱成一团麻……德·拉·M.小姐的园丁把她救回"谷仓"，她已不省人事。园丁说他望见她沿着河边走，接着过花园桥，接着俯下身，接着就不见人影了。不过，起初他还没有反应过来，没想到她会掉进河里，也就没有跑过去。她被水流冲到小闸门附近，才被园丁捞起来。出事不久我去看她时，她还没有苏醒过来，至少是又昏迷过去了，因为事后立即抢救，她还是醒来一会儿。谢天谢地，马尔丹还没有离开，他也不明白她何以这样麻木呆滞，问她什么也不回答，就好像她一点也听不见，或者决意不开口。她的呼吸还非常急促，马尔丹怕她肺充血，给她涂了芥子膏，用了拔火罐，并答应明天再来。事情糟就糟在开头只顾抢救，没有及时把湿衣服换下来，冰冷河水浸透的衣服在她身上裹得太久。唯独德·拉·M.小姐能从她口中问出几句话，认为她是要摘河岸这边盛开的勿忘我花，还不大会估计距离，或者把漂浮的一层花当作实地，就突然失足落水了……我若能相信这话就好了，确信这纯粹是个意外事件，我这颗心就会卸下沉重的负担！吃饭的时候还那么欢快，只是她脸上总挂着笑容的样子有点怪，令我隐隐不安。那是一种勉强的笑，我从未见过，就竭力认为是她恢复视力的笑。那笑意宛如泪珠，从眼中流到脸上，相比之下，别人的俗笑我就看不上眼了。她没有加入大家的嬉笑！看样子她发现了什么秘密，假如单独和我在一起，她就会告诉我了。她几乎不讲话，但这不足为奇，周围如有别人，而且吵吵闹闹，她往往一声不吭。

主啊，我恳求您，请允许我同她谈谈吧。我需要了解情况，否则，往后叫我怎么活呢？……然而，她若真的要寻短见，是不是恰恰因为知道了呢？知道了什么呢？亲爱的朋友，您究竟了解到什么可怕的事情？我又向您隐瞒了什么要命的事情，而您猛然看到了呢？

我在她床前守了两小时，目不转睛地注视她那额头、那惨白的面颊、那紧闭的秀目——仿佛闭而不视一种无名的忧伤——注视她那像海藻一般散落在枕头上的湿发，同时倾听她那不均匀而困难的呼吸。

5月29日

今天上午，我正要去"谷仓"，忽见路易丝小姐打发人来叫我。热特律德这一夜过得比较安稳，终于脱离了呆滞的状态。她见我进屋，还冲我笑了，示意要我坐到床前。我还不敢盘问她，而她也肯定怕我发问，就抢先说话，似乎要防止流露真情。

"您管那种小蓝花叫什么来着？是天蓝色的花，我在河边想采摘。您比我灵活，能替我采一束来吗？采来就摆在我床前……"

她说话的轻快声调不免做作，令我难受，无疑她也感觉到了，便转而严肃地补充道：

"今天上午我太乏了，不能同您说话。您去替我采那种花，好吗？过一会儿您再来吧。"

然而，一小时之后，我给她采来一束勿忘我花，不料路易丝小姐却对我说，热特律德又休息了，天黑之前不能见我。

今天晚上,我又见到她了。床上摞起靠垫,她靠在上面,几乎坐起来了。新梳的发辫盘在头上,插着我给她采的勿忘我花。

她肯定发烧了,看来喘气很急促,她的手滚烫,握住我伸过去的手。我就伫立在她身边。

"牧师,我得向您坦白一件事,因为,今天夜晚,我怕是活不过去了。今天上午,我对您说了谎话……其实并不是要采花……如果现在我向您承认我要自杀,您会原谅我吗?"

我握住她那纤弱的手,跪到她床前。她抽出手,抚摩我的额头。我把脸埋进衾单,以便掩饰我的眼泪,捂住我的啜泣。

"您是不是觉得,这样很不好呢?"她柔声地问道。她见我不回答,便又说道:

"我的朋友,我的朋友,您瞧见了,我在您的心里和生活中占的位置太大了。我一回到您的身边,就立刻明白了这一点,至少可以说,我占据了另一个女人的位置,而她正为此伤心呢。我的罪过,就是没有及早觉察出来,至少可以说,我虽然心里明白,还是任由您爱我。可是，我突然看见她那张脸，看见那张可怜的脸上充满悲伤，而想到那悲伤是我造成的，也就不忍心了……不，不，您丝毫也不要责备自己，还是让我走吧，把欢乐还给她吧。"

她的手不再抚摩我的额头了，我抓过来连连亲吻，洒上眼泪。然而，她却把手抽回去，又开始焦灼不安了。

"这不是我本来要说的话，不是我要说的话。"她重复道，只见她前额沁出汗珠。接着，她垂下眼睑，闭目待了一会儿，好像要收拢心思，或者要恢复当初瞎眼的状态。继而，她睁开眼睛，同时又开口讲话，起初声调迟缓而凄然；继而提高嗓门儿，越说越激动，最后疾言厉声了：

"您让我恢复了视觉，我睁开眼睛，看见一个比我梦想还美的世界。千真万确，我没有想到阳光这样明亮，空气这样清澈，天空这样辽阔。不过，我也没有想到人的额头这样瘦骨嶙峋。我一走进你们家，您知道最先看到什么吗……噢！我总得告诉您，我最先看到的，就是我们的过错，我们的罪孽。唉，不要申辩了。您想一想基督的话：'你们若瞎了眼，就没有罪了。'

可是，现在我看得见了……请起来吧，牧师，您在我身边坐下，听我说，不要打断我的话。我在住院期间，阅读了，确切地说，请人给我念了《圣经》中您从未给我念过、我还不知道的段落。记得圣保罗有一句话，我反复背诵了一整天：'我以前没有律法是活着的；但是诫命来到，罪又活了，我就死了。'[1]"

她激动极了，说话声音特别高，最后几乎是喊出来的，弄得我很尴尬，真怕外边人听见。随后，她又闭上眼睛，仿佛自言自语：

"'罪又活了，我就死了'。"

我不寒而栗，一阵恐惧，心都凉了。我想转移她的思想，便问道："是谁念给你听的？"

"是雅克，"她回答，同时睁开眼睛凝视我，"他改宗了，您知道吧？"

这太过分了，我正要恳求她住口，可是她已经讲下去了：

"我的朋友，我的话要让您非常难过；可是你我之间，不能再容一点谎言了。我一看见雅克，就恍然大

---

[1] 见《圣经·新约·罗马书》第7章第9节。

悟，我爱的不是您，而是他。他跟您的面孔一模一样，我是说像您在我想象中的面容……噢！为什么您叫我拒绝他呢？我本来可以嫁给他……"

"哼，热特律德，现在也成啊！"我气急败坏地嚷道。

"他成为天主教神职人员了，"她冲动地说道，接着，她开始啜泣，身子也随之颤动，"噢！我真想向他忏悔……"她神志恍惚地哀叹道，"您瞧见了，我只有一死。我渴了，求求您，叫个人来。我胸口憋闷。您走吧。唉！原指望同您这样谈谈，我的心情会轻松些。离开我吧。我们分手吧。看到您在面前，我再也忍受不了啦。"

于是我离开，叫路易丝小姐替换我守护她。热特律德极度狂躁，令我十分担心，但是我又不得不承认，我在那里，反而会使她的病情恶化。我请求路易丝小姐，一旦情况不妙，赶紧派人通知我一声。

5月30日

唉！再见面时，她已经安眠了。她处于谵妄状态，折腾了一夜，天亮时咽气了。遵照热特律德的临终要求,路易丝小姐给雅克发了电报。她去世几小时之后,雅克才赶到。他声色俱厉地指责我,没有及时请来一位神父。可是,我不知道热特律德在洛桑住院期间,显然受他怂恿改信了天主教,怎么会想到请神父呢。他当即向我宣布,他和热特律德都改宗了。这两个人,就这样一同离开了我,仿佛生前被我拆散,就策划好逃离我,双双到上帝那里去结合。不过我确信,雅克改宗的动因,推理成分要多于爱情成分。

"爸爸,"他对我说,"我指责您也不合适,不过,恰恰是您的前车之鉴,给我指明了道路。"

雅克离开之后,我投在阿梅莉的脚下,求她为我祈祷,只因我的确需要帮助。她仅仅背诵了《天主经》,但每背诵一节就长时间停顿,我们默默地哀悼。

我多想痛哭一场,然而我觉得,这颗心比沙漠还要干燥。

浪子归来

我为私心的快慰，在此描绘救世主耶稣基督给我们讲述的这篇寓言，犹如古人所作的三联画。我任由激发我的双重感兴混淆而杂乱，无意彰显任何神灵对我的胜利，也无意彰显自己的胜利。不过，读者如若考问我的虔诚，也许在我的描述中不难发现：我就像在图画边角的一位施主，跪在浪子的对面，也像他那样，既含笑又泪流满面。

——献给亚瑟·封丹

浪子久别家门之后，厌倦了想入非非，也鄙弃了自身，在自寻寒苦的沉沦中，又念起父亲的面容，念起母亲常去俯在他床头的那个颇大的房间，念起那个有活水灌注的园子，想当初他总要逃出那终年紧闭的园子，还念起他从来就不爱的哥哥，而节俭的哥哥却为浪子保存了他未能挥霍的那份财产。浪子心中承认他并没有找到幸福，也未能在缺乏幸福的情况下，延长他所追求的陶醉。"噢！"他想道，"父亲当初十分生气，如果以为我死了，再见到我时，也许不顾我的罪孽，还会很高兴吧；如果我低首下心回到他面前，垂着头，风尘仆仆，跪在他面前说道：'父亲，我作了孽，违忤了天，也违忤了你。'如果他伸手把我扶起来，对我说：'进来吧，孩子……'那我该怎么办呢？"浪子不再多想，已经虔诚地上路了。

他走出山峦,终于望见自家炊烟袅袅的房顶。正是暮晚时分,他要等夜色朦胧,以便略微掩饰一点他的狼狈相。他远远就听见父亲的声音,双膝不禁发软。他倒下去,双手掩面,明知自己是正出的儿子,也还是为自己的耻辱而羞愧。他饿了,破斗篷的衬褶里只有一把甜橡实,像他饲养的小猪那样用来果腹。他望见家中正做晚饭,辨认出母亲走到屋前台阶……他再也克制不住,径直跑下山坡,走进院子,迎面而来的却是一阵犬吠:家犬已不认识他了。他想跟仆人说,而仆人也生疑,赶紧避开,去禀报主人。主人出来了。

他无疑在等待浪子,一见面就认出来了。他张开双臂,于是,儿子跪到他面前,用一只胳臂遮住脸面,举起右手请求原谅,高声说道:

"父亲!父亲,我作了大孽,违忤了天,也违忤了你,已经不配你对我的称呼。不过至少,让我做你的一个仆人吧,做个最末等的仆人,让我待在家中的一个角落,让我生活……"

父亲扶起浪子,紧紧搂抱:

"孩子!祝福你回到我身边的这一天吧!"

他的喜悦溢出心田,眼泪涌出来。他吻了儿子的额头,又抬起头来,转向仆人们说道:

"拿最漂亮的袍子来,给他穿上鞋子,给他戴上一只最贵重的戒指。去牛栏,挑一头最肥的小牛宰了,准备一个欢乐的筵席,因为我说过死了的儿子还活着。"

消息传开了。他急忙跑去,不愿意让别人去讲这话:

"孩子他娘,我们流泪想念的儿子回家了。"

全家人的欢乐,就像高扬的一首颂歌,闹得长子心事重重。他出席了全家的欢宴,是父亲发了话,逼得他没法儿才入座的。连最低微的仆人都请来了,满席的人唯独他板着面孔,一脸怒气:为什么款待一个忏悔的罪人,要胜过这个从未犯过罪的人呢?比起爱来,他更看重规矩。他肯出席筵席,是给弟弟一个面子,让他高兴一晚上,而且父母也答应了他,明天就狠狠训斥浪子,他本人也打定主意,要好好教训弟弟一顿。

火把燃起,烈焰腾空,筵席结束后,仆人撤下杯盘。夜晚没有一丝风,全家上下都困乏了,一个个都去睡觉了。然而我知道,在浪子隔壁的房间,有一个孩子,浪子的弟弟,一夜直到天亮,却怎么也没有睡着。

父亲的责备

上帝啊,我今天像个孩子,跪到您面前,泪流满面。我忆起并在这里抄下您这喻世的故事,就因为我知道,您的浪子是怎样一种人,因为在他身上我看到自己,而且我听到自己的心声,有时在心里重复您让他在苦海中喊出的这句话:

"我父亲那儿有多少雇工,丰衣足食;而我呢,就要饿死在这里!"

我想象父亲的拥抱,在这种父爱的滚热中,我的心会融化。我甚至想象前一代的苦难。唉!我想象人的一切渴望。我相信这个故事,我甚至就是那个人,一走出山,又望见久别家园的蓝屋顶,心就狂跳起来。我还等什么,何不奔向家,冲进去呢?一家人在等我。我眼前已经浮现宰好的小肥牛……停一停吧,不要太急切地摆筵席！——浪子啊！我在挂念你。你先告诉我，洗尘宴过后，第二天父亲对你讲了什么。父亲啊，不管长子如何怂恿您，但愿透过他的话语，我能听到您的声音！

"孩子，你为什么离开了我？"

"我真的离开过您吗？父亲！您不是无所不在吗？我从未断过爱您。"

"不要强辩！我有房子安置你。这是为你建造的。多少代人劳作，为了让你的心灵有个安身之所，得到可意的享乐，过舒适的生活，有个职业。而你，是儿子，是继承人，为什么要逃离这个家呢？"

"因为家关住我，家，不是您，父亲。"

"这是我建起来的，还是为了你。"

"唉！这话不是您说的，而是我哥哥讲的。您呢，您创造了世界、房子，以及其他一切。不过房子，这是别人，而不是您建造的。我知道，别人假借您的名义。"

"人得休息，需要房子挡风遮雨。太狂了！你以为能够露天睡觉吗？"

"这还需要多么狂吗？比我穷苦的人，就是那么过来的。"

"那是穷人。你呢,并不穷。谁也不会放弃自己的财富。我让你成为比别人富有的人。"

"父亲,您完全清楚,我离开家时,能带走的财富全带走了。带不走的财富,对我又有什么意义呢?"

"带走的那些财富,全让你挥霍了。"

"我用您的黄金换来欢乐,用您的教诲换来奇思异想,用我的纯真换来诗,用我的庄重换来欲望。"

"你厉行节俭的父母殚精竭虑,培养你这么多品德,难道就是为了这样吗?"

"如果让我燃起更美的火焰,也许是吧,一种新的激情将我点燃。"

"想想摩西望见圣荆丛的那纯洁火焰吧,那火焰只放光而不燃烧。"[1]

"我见识过燃烧的爱。"

"我要教给你的爱,能让人清爽。你瞧,转眼就完了,浪子,给你留下了什么呢?"

---

1 《圣经·旧约》中《出埃及记》第3章第2节:"耶和华的使者从荆棘里火焰中向摩西显现,摩西观看,不料,荆棘被火烧着,却没有烧毁。"

"留下了那些欢乐的记忆。"

"欢乐之后就落魄了。"

"我在落魄中,就感到接近您了,父亲。"

"非得穷困逼迫,你才回到我身边吗?"

"我不知道,我不知道。我是在无水的沙漠中,才最爱我的干渴。"

"你陷入穷困,才更好地感到财富的价值。"

"不,不是这样!您怎么没有理解我的话,父亲?我的心完全掏空了,就装满了爱。我花掉了所有财富,买来了激情。"

"这么说,你远离了我,也很幸福?"

"我并未觉得远离了您。"

"那么,是什么促使你回来的呢?说。"

"我不知道,也许是懒惰吧。"

"懒惰,儿子!怎么!居然不是爱?"

"父亲,我对您说过,我从来没有像在沙漠里那样爱您。但是我厌倦了,每天早晨都得觅食生存。在家里,至少吃得很好。"

"对,仆人什么都准备好了。这么说,促使你回来的,是饥饿。"

"也许还有怯懦、疾病……食物没有保障，日久天长，我的身体就衰弱了，因为，我用来果腹的是野果、蝗虫和蜂蜜。艰难的生活条件，起初还激励我的热情，后来就越来越难以忍受了。夜晚，我感到寒冷时，就想到家中有给我铺好的床；我挨饿时，就想到家中有丰盛的菜肴，能让我顿顿吃饱。我屈服了，自觉已没有足够勇气，也没有足够力气再拼下去，然而……"

"于是，你就觉得过冬的小肥牛肉很香啦？"

浪子痛哭流涕，面孔扑到地上：

"父亲！父亲！甜橡实的野香味，不管怎样还留在我的口中。还没有什么能盖住这种味道。"

"可怜的孩子！"父亲边扶起他边接口说道，"我对你说话，也许口气太生硬了，是你哥哥要我这样，这个家他做主。是他要我对你说：'离开这个家，你绝无保障。'不过你听好了：是我造了你，你心中想什么我全知道。我也知道是什么促使你出走的。其实，我就在路的尽头等你。你本可以呼唤我……我就在那儿呢。"

"父亲！这么说，我不回来，也可以找到你了？……"

"你感到气力不支,回来也是对的。现在去吧,回到我让人给你收拾好的房间。今天就谈到这里吧,你去歇息,明天,可以跟你哥哥谈谈。"

哥哥的责备

浪子一开头就高屋建瓴。

"大哥,"他说话了,"咱们两人不大相像。哥,咱们俩不一样。"

哥哥说道:

"这要怪你。"

"为什么要怪我?"

"因为我遵守规矩。凡是别出心裁,都是狂妄的果实或种子。"

"我所拥有的特殊品性,都是缺点吗?"

"只有引导你回到规矩上的品性,才能称为优点,而其余的全应克制。"

"我怕的就是这种肢解:你要消除的品性,也受之于父亲。"

"唉！不是消除，我对你说的是克制。"

"我完全理解你的意思。不管怎么说，我毕竟克制了我的品德。"

"也正因为如此，我现在才重新发现它们。你还应当发扬光大。你要明白我的建议，不是压缩，而是弘扬你的天性。人的天性中，肉体和精神的成分极不相同，又极难约束，但是必须协同努力，最坏的应当滋养最好的，而最好的又应当服从于……"

"我当初追求的，也正是这种张扬的天性，而且在沙漠中找到了——也许和你向我建议的差别不大。"

"老实说，我还真想强加给你。"

"我们父亲讲话可没有这么生硬。"

"我知道父亲对你说了什么。含混不清。什么事儿他都说不大明白了，因此别人让他怎么说，他就怎么说。不过，我很了解他的想法。在仆人面前，我是唯一的传话者，谁若想弄明白父亲的意思，就得听我的解释。"

"没有你，我也很容易就听懂他的话。"

"你以为听懂了，其实理解偏了。父亲的想法，不能有好几种方式解释，也不能有好几种方式聆听。爱他也没有好几种方式,这样,我们才能在对他的爱中达到一致。"

"在他的家中。"

"这种爱引人回来。你看得明白,你这不回来了。现在告诉我,是什么促使你离开的?"

"我特别强烈地感到,家不是整个世界。我本人呢,也不完全是你们所希望的一个人。当时我不由自主地想象别的庄稼、别的土地;想象可以疯跑的路、还没有人走过的路;想象我身上有个新生命,感到它就要冲出去。于是我就离家出走了。"

"想想看,当初我也像你一样,抛弃父亲的家,那会成什么样子呀。我们的财产,要全被仆人和盗贼抢光了。"

"那也无所谓,因为我望见了别的财富……"

"你那是妄自夸张。兄弟,是有过无秩序的状态。人是从怎样的混沌中出来的,你若是还不知道可以去讨教。人出来很不容易,还带着一身天生的重负,一旦神灵不再往上提,就会重新跌入混沌中。你可不要以身尝试。组成你的那些成分,排列得十分整齐,但你稍一放纵,稍一疏忽,就又回到混乱的状态了……

而且，有一点你永远也不会知道，就是人经历了多长时间，才算造就了人。现在，模型算是有了。我们可得把握住了。'你要持守你所有的'[1]，圣灵对教会的天使这样说，紧接着还补充道：'免得人夺去你的冠冕。'你所持有的，就是你的冠冕，也就是在他人和你自己之上的这个王国。你的冠冕，篡夺者正在觊觎——篡夺者到处都有，在你周围转悠，附到你身上。抓紧，兄弟！抓紧了。"

"我放开的时间太久了，不可能再紧紧抓住我的财产了。"

"能行，能行，我来帮你。你离开家之后，我照看了这份财产。"

"还有，圣灵的这句话，我也知道，你没有引全。"

"不错，圣灵接着这样说：'得胜的，我要叫他在我神殿中作柱子，他也必不再从那里出去。'"

"'他再也不出圣殿了'，这正是让我惧怕的。"

"如果是为了他的幸福呢？"

"唔！我明白得很。不过，在这座圣殿里，我有过

---

[1] 见《圣经·新约·启示录》第3章第11节。

体验……"

"你出去肯定境况很糟,要不你怎么肯回来。"

"我知道,我知道。我是回来了,我承认。"

"这里有大量财富,你还要到别处寻找什么呢?进而言之,你的财富只是在这里。"

"我知道你为我保管了财产。"

"你的财产没有挥霍掉的部分,也就是说,我们共有的那部分:地产。"

"这么说,我自己的财产,一点也没有了?"

"有,一份特别的馈赠,父亲也许会同意给你。"

"我只要那一份,我只愿意拥有那一份。"

"真狂傲!不会问你要不要。坦率地讲,那一份要看运气。我倒劝你还是放弃为好。个人所得的那一份,恰恰把你毁了。那些财富,你一下子就挥霍光了。"

"其余的,当时我也带不走。"

"因此你会看到,还保存得完好无损。今天就谈到这儿吧。进了家门,去歇息吧。"

"正好我也很疲倦了。"

"那就祝福你的疲倦!现在去睡觉吧。明天,母亲还要跟你谈谈呢。"

母 亲

浪子,你听完兄长的话,思想还有抵触,现在就让你的心讲讲吧。现在你多么舒服啊,半卧在坐着的母亲的脚下,脸埋在她的双膝间,感受她那爱抚的手按下你倔强的颈项。

"为什么丢下我这么久?"

母亲见你只用眼泪回答,便又说道:

"孩子,现在为什么哭呢?你回到我身边来了。我等你时,眼泪都流干了。"

"您还等我?"

"从来就没有停止盼你回来。每天夜晚临睡觉,我总要想:今夜他若是回来,能打开门吗?因而久久睡不着觉。每天清晨,我还没有完全醒来,心里就想:今天他能回来吗?接着我便祈祷。不知祈祷了多少次,终于把你盼回了家。"

"您的祈祷催我回来了。"

"我的孩子,不要笑我。"

"母亲啊!我低首下心,回到您身边。您瞧,我的额头垂得比您的心还低!我昨天那些念头,今天没有一个不变得毫无意义。在您身边,我就不大明白为什么离家出走。"

"你不再走了吗?"

"我走不了啦。"

"当时,外面究竟有什么吸引你呢?"

"我不愿意再想这事儿了。什么也没有……是我自己。"

"那么你那时以为,远离我们会幸福?"

"我并不追求幸福。"

"那你寻求什么来着?"

"我寻求……我是谁。"

"唉!是你父母的儿子,也是你手足之间的兄弟。"

"我不像我的弟兄。不要说这个了,反正我回来了。"

"不,还要谈一谈,不要以为你的弟兄和你就那么不同。"

"从今往后,我唯一用心做的,就是像你们大家。"

"你这样讲,似乎有些勉强。"

"最累的事,莫过于要与众不同。这一旅程,最终我走累了。"

"真的,你现在就显老了。"

"我受了好多苦。"

"我可怜的孩子!你在外边,毫无疑问,不是每天晚上都有人给你铺好床,也不是每顿饭都有人给你摆上餐桌吧?"

"我找到什么就吃什么,饿得不行的时候,往往只吃到青果,或者要烂的果实。"

"你受的苦,恐怕不只是挨饿吧?"

"还有正午的烈日、深夜的寒风、大漠的流沙和把我的脚刺伤流血的荆棘,这一切都未能阻止我,然而——这一点我没有对哥哥说——我还得打工……"

"为什么要隐瞒呢?"

"有些主人很坏,糟蹋我的身体,挫辱我的自尊,还不给我饱饭吃。当时我就想:哼!成了为打工而打工!……于是,我又梦见了家园,也就回来了。"

浪子再次垂下母亲爱抚着的额头。

"现在你打算做什么?"

"我对您说过了,努力向我大哥看齐,学会经管家产,也像他一样娶妻……"

"你讲这话,一定是想到了哪个姑娘。"

"只要是您看中的,无论哪个我都喜欢。您从前怎么给哥哥办的,就怎么给我办吧。"

"我倒愿意按照你的心思挑选。"

"无所谓!我的心早有过选择。现在,我放弃带我远离你们的狂傲,指引我选择吧。我听从安排,我对您说过。将来,我也同样要求我的孩子听命。我这样打算,就觉得不再那么不着边际了。"

"听我说,现在就有个孩子,你可以管一管了。"

"您说什么?您指的是谁呀?"

"指的是你弟弟,你离家出走那会儿,他还不满十岁,现在你都难以认出他来了,而他……"

"把话讲完,母亲,现在,您担心什么呢?"

"你在他身上,能够认出你自己来,因为他同你离家时一模一样。"

"像我吗?"

"像你从前的样子,跟你说吧,但还不像,唉!不像你现在变成的样子。"

"他会变过来的。"

"他必须马上变过来。去跟他谈一谈,你是浪子,他会听你的。明白告诉他,路上有多艰难困苦,别让他去受……"

"究竟有什么让您对我弟弟如此惊慌呢?也许,只有一点相似之处罢了……"

"不,不,你们兄弟俩,在更深处相像。现在我担心他的事,从前在你身上,开头并没有引起我应有的不安。他看书太杂,并不总是挑好书看。"

"就是这事儿吗?"

"他常常伫立在园子的最高点,你也知道,从那里望过墙头,能看见整个地方。"

"我想起来了。就这些吗?"

"他不大待在我们身边,常往田野里跑。"

"哦!他去那儿干什么?"

"没做什么不好的事儿。不过,他常打交道的人,并不是那些农夫,而是离我们最远的莽汉,以及外乡人。尤其有一个来自很远的地方,给他讲不少故事。"

"唔！就是那个猪倌。"

"对呀。从前你认识他？……你弟弟要听他讲故事，每天傍晚都随他去猪圈，吃晚饭时才回家，也没有胃口，还满身臭烘烘的。怎么说他都没用，越管越顶牛。有几次，早晨天刚亮，我们还都没起床，他就跑去见那个猪倌，一直陪人家赶猪群出大门。"

"他呢，知道他不该出门呀。"

"从前你也知道！我敢肯定，迟早有一天，他要从我身边跑掉。迟早有一天，他会离家出走……"

"不会的，我去跟他讲，母亲，您不必惊慌。"

"好多事儿，我知道你的话他会听的。第一天晚上，你看见他是怎么瞧你的吗？你的破衣烂衫覆盖着何等魔力啊！接着，父亲给你换上了紫袍。当时我就担心，他在思想里别把这两种衣服混淆了，担心吸引他的，首先还是那破衣烂衫。不过现在看来，我这种念头恐怕太离谱。总而言之，我的孩子，假如早料到要遭那么多苦难，你就不会离开我们，对不对？"

"我弄不清怎么会离开你们，离开您了，母亲。"

"那好吧！这一切，都对他讲讲。"

"这一切，明天晚上我就对他说。现在，您吻一下我的额头吧,就像我小时候,您看着我入睡那样。我困了。"

"去睡吧。我也去为你们大伙祈祷。"

同弟弟的对话

浪子的隔壁,是一个并不算小、四壁光光的房间。浪子端着灯,走到弟弟睡觉的床前。只见弟弟面向墙壁。他开口了,声音极低,怕万一吵醒睡着的孩子。

"我想同你谈谈,小弟。"

"有什么妨碍你吗?"

"我以为你睡觉呢。"

"不睡觉也可以做梦。"

"你在做梦,梦见什么啦?"

"跟你有什么关系!我的梦,假如我都不理解,那么你也未必能解释清楚。"

"这么说,你的梦很难捉摸啦?你跟我讲讲嘛,我来试试看。"

"你的梦,难道你能选择?我的梦可随意得很,比我还自由……你来这儿做什么？为什么打扰我睡觉呢？"

"你没睡着呢，我来也是小声同你聊聊。"

"你有什么好跟我聊的？"

"没什么，如果你是这种口气。"

"那就再见了。"

浪子走到门口，却把灯撂在地上，屋里的光线就很昏暗了。这时他又走回来，坐到床沿儿上，在幽暗中长时间抚摩孩子转过去的额头。

"你回答我的口气多生硬，我回答大哥的话可从来没有这样。然而，我以前也是跟他作对。"

倔强的孩子猛然坐起来。

"你说，是大哥派你来的吧？"

"不对，小弟；不是他，而是母亲。"

"哼！你自己就不会来了。"

"可是，我是作为朋友来的。"

孩子半卧在床上，定睛凝视着浪子。

"我的家人里，怎么会有我的朋友呢？"

"你误会大哥了……"

"不要对我提他！我恨他……一提起他，我整个心就按捺不住。就因为他,我回答你的口气才这么生硬。"

"究竟是怎么回事儿?"

"说了你也不会明白。"

"说说看嘛……"

浪子摇着偎在他身上的弟弟,少年精神完全放松了。

"你回来的那天夜晚,我没有睡着觉,整夜都在想:原来我还有个哥哥,我却不知道……正是这个缘故,我的心才跳得那么厉害,看见你走进院子,浑身罩着光彩。"

"唉!我那是穿着一身破衣烂衫。"

"对,我看到你了,那样就已经很光彩了。我看到父亲做了什么:他给你戴上一只戒指,而大哥却没有那样的。我不想向任何人询问你的情况,仅仅知道你从很远的地方回来,而在筵席上,你的目光……"

"你也出席宴会了?"

"唔!我知道你没有看见我。筵席自始至终,你都无视周围的人,目光望向远方。我也知道第二天夜晚,你去跟父亲谈话,那很好,可是第三天……"

"把话讲完。"

"噢！哪怕是一句亲热的话，你也总该对我讲呀！"

"这么说，你在等我？"

"等死我了！你想想，如果那天晚上，你没有跟大哥谈话，又谈了那么久，我会这样恨大哥吗？你们有什么话好说的呢？你应该知道，如果说你像我，那么你跟他就毫无共通之处。"

"我的过失很大，对不起他。"

"这可能吗？"

"至少对不起我们的父亲和母亲。你也知道，我离家出走了。"

"对，我知道，很久以前的事了，是不是？"

"那时我跟你现在的年龄相仿。"

"啊！……这就是你所说的过失吗？"

"对，这就是我的过失，我的罪孽。"

"你走的时候，感到做错了吗？"

"没有，我内心倒感觉非走不可。"

"走了之后呢？出了什么事儿，把你当初认定的真理变成谬误了呢？"

"我遭了很大罪。"

"只为这个你就说:我错了?"

"不,不完全如此,正是这一点引起我的反思。"

"当初你就没有思考过吗?"

"当然思考过,可是,我那薄弱的理智被我的欲望控制了。"

"后来又被痛苦控制了。结果,今天你回来了……屈服了。"

"不,不完全如此,是安分了。"

"总之,你放弃了本想成为的那种人。"

"是狂傲要我成为的那种人。"

少年沉默了片刻,继而,他突然哭起来,高声说道:

"哥哥!我正是你离家出走时的样子。噢!告诉我,你在旅途上,遇到的全是令人失望的东西吗?而我预感外面与这里不同的一切,无非是海市蜃楼啦?我感到自身崭新的一切,全是痴心妄想啦?告诉我,你在路上都碰到什么灰心丧气的事啦?噢!是什么促使你回来的?"

"我追寻的自由,又丧失了。身受拘迫,我就不得不为人效命。"

"我在这里也受拘迫。"

"嗯,但那是效命于坏主人,而这里,你服务的对象,毕竟是父母。"

"唉!反正是效命,至少能选择主人吧,难道连这点自由都没有吗?"

"当初我也是抱这种希望。我就像扫罗追寻他的驴子那样,也去追寻我的欲望,脚力能走多远就走多远。然而,等待他的是一个王国,而我寻到的却是苦难。不过……"

"你是不是走错路了?"

"我是一直朝前走的。"

"你敢肯定吗?其实,还有别的王国,还有不是王土的地方,总可以去发现。"

"谁告诉你的?"

"我知道。我感觉到的。我还觉得已经统治那里了。"

"太狂傲了!"

"哼!哼!这是大哥对你说的话。为什么,你现在也对我重复这种话呢?这种狂傲,你怎么不保住!那你就不会回来了。"

"那我也就不会认识你了。"

"会的,会的,在那边,我会同你会合,你能认出我这个小弟;甚至可以说,我还觉得出走,就是为了找到你。"

"你要出走?"

"你还不明白吗?你不是亲口鼓励我走吗?"

"我是想打消你归来的念头,不过先得打消你出走的念头。"

"不,不,别对我讲这种话;不,你也不愿意这样讲。你也同样,对不对,当初,你走的时候,就像一个出征者。"

"而这也使我更难忍受给人奴役。"

"那你为什么屈从呢?难道你就那么累得不行了?"

"不,还没有,但是我已有所怀疑。"

"你说什么?"

"怀疑一切,怀疑我自己。我想停下,最终在一个地方驻足。这个主人向我保证的安适,吸引了我……对,现在我明显感觉到了。我不行了。"

浪子垂下头,用手捂住眼睛。

"那么开头情况如何呢?"

"我长时间行走,穿越辽阔的蛮荒大地。"

"沙漠?"

"也不全是沙漠。"

"你去那儿寻找什么呢?"

"我自己也闹不明白了。"

"你站起来,瞧瞧我床头桌上,就在撕破的那本书旁边。"

"看见了,是一个裂开的石榴。"

"还是那天晚上,猪倌给我带来的,那次他走了三天才回来。"

"对,这是一个野石榴。"

"我知道。这石榴涩得要命,然而我觉得,我若是渴急了,也会咬着吃的。"

"唔!现在我可以告诉你了,我在沙漠里寻找的就是这种焦渴。"

"这种焦渴,还非吃这种不甜的果实而不能解……"

"不然,它倒让人喜欢上这种焦渴。"

"你知道什么地方能采到吗?"

"就是在一座荒废的小果园里,黄昏之前到达那里,四周没有围墙了,直接连着沙漠。那里流淌着一条小溪，枝头挂着一些半熟的果实。"

"什么果实？"

"跟我们园子里的一样，但那是野生的。那里终日都非常酷热。"

"听我说，知道今晚我为什么等你吗？天不亮我就要走了。就在今天夜晚，今天夜晚。等天一蒙蒙亮……我已经打好了行装，今晚草鞋都留在身边了。"

"什么！我没有做成的事儿，你要去做？……"

"你给我开了路，想着你，我就能坚持下去。"

"我该敬佩你，而你则相反，应该忘掉我。你随身带着什么？"

"你也清楚，我是小儿子，家产根本没份儿。我空手上路。"

"这样更好。"

"你对着窗口看什么呢？"

"看咱们先辈长眠的园子。"

"哥……"少年说着，从床上起来，用他那变得和声音一样温柔的手臂，搂住了浪子的脖子。"跟我一道走吧。"

"让我留下吧！让我留下！我留下来安慰我们的

母亲。没有我,你会更勇敢。现在到时候了。天色发白了。悄悄地走吧。好了!小弟,拥抱我吧——你带走了我的全部希望。你要坚强,忘掉我们,忘掉我。但愿你不要回来。下去慢一点儿。我拿灯照亮……"

"唉!让我拉着你的手,一直走到门口。"

"当心脚下的台阶……"

帕吕德

于贝尔

星期二

将近五点钟,天气凉下来。我关上窗户,又开始写作。

六点钟,我的挚友于贝尔进屋,他是从跑马场来的。

他问道:"咦!你在工作?"

我答道:"我在写《帕吕德》。"

"《帕吕德》是什么?"

"一本书。"

"写给我的?"

"不是。"

"太深奥?……"

"很无聊。"

"那你写它干什么?"

"我不写谁会写呢?"

"又是忏悔?"

"几乎算不上。"

"那是什么呀?"

"坐下说吧。"

等他坐下来,我便说道:

"我在维吉尔作品中看到两句诗:

> 他的田地固然处处是石块和沼泽,
> 但是对他来说相当好了,他很高兴这就知足了[1]

"我这样翻译:'这是一个牧人对另一个牧人讲的话;他对那人说,他的田地固然处处是石块和沼泽,但是对他来说相当好了,他很高兴这就知足了。'——一个人不能置换田地的时候,这样想就最明智了,你说呢?"

---

1 原文为拉丁文。

于贝尔什么也没有说。

我接着说道:"《帕吕德》主要是讲一个不能旅行的人的故事……在维吉尔的作品中,他叫蒂提尔。《帕吕德》这个故事,讲的是一个人拥有蒂提尔的那片土地,非但不设法脱离,反而安之若素,就是这样……我来叙述:头一天,他发觉自己挺满意,想一想该干点儿什么呢?第二天,他望见一条帆船驶过,早晨打了四只海番鸭或者野鸭,傍晚点着不太旺的荆柴火,煮了两只吃掉。第三天,他找点营生干,用高大的芦苇盖了一间茅屋。第四天,他吃了剩下的两只海番鸭。第五天,他拆掉茅屋,巧思构想一间更为精致的房子。第六天……"

"够了,"于贝尔说道,"我明白了,亲爱的朋友,这书你可以写。"说罢便走了。

户外夜色弥漫。我整理一下书稿,没有吃晚饭就出去走走。约莫八点钟,我来到安日尔的家中。

安日尔刚吃完几个水果,还没有离开餐桌。我到她的身旁坐下,动手替她剥个橙子。有人送来果酱,等到又剩下我们两个人,安日尔拿起一片面包,一边替我抹果酱黄油,一边问道:

"您今天做什么啦？"

我想不起做了什么事，便回答："什么也没做。"这样回答未免冒失，怕人家心理上承受不了，随即又想到于贝尔的来访，便高声说道：

"我的挚友于贝尔六点钟来看过我。"

"他刚离开这儿。"安日尔接口说道。继而，她又借题发挥，挑起争论："他呢，至少还干点事儿，总不闲着。"

我却说了自己什么也没有做，心里实在恼火，便问道：

"什么？他干了什么事儿？"

"一大堆事儿……"她说道，"首先，他骑马……其次，您也完全清楚，他参与经营四家企业，还同他内弟领导另一家防雹灾的保险公司……我刚刚在那家公司上了保险。他去上普及生物学的课，每星期二主持读书会。他还颇通医道，在发生事故时能紧急救护……于贝尔做了不少好事；五个贫困之家靠他的帮助得以生存；他将没有活儿干的工人安置给需要工人的老板；他将病弱的儿童送到乡下疗养院；他创建了一个工场，用盲人青少年给椅垫换麦秸儿。——最后还有,每星期日他去打猎。您呢!您做了什么呢?"

"我吗?"我有几分尴尬地回答,"我在创作《帕吕德》。"

"《帕吕德》?那是什么呀?"她问道。

我们已经吃完饭,我等着到客厅再继续谈。

我们俩靠近炉火坐定之后,我才开始讲道:

"《帕吕德》,讲的是一个单身汉住在沼泽地中间塔楼上的故事。"

"啊!"她惊叹一声。

"他叫蒂提尔。"

"一个粗俗的名字。"

"哪里,"我接口说道,"是维吉尔诗中的人物。再说,我不善于编造。"

"为什么是单身汉?"

"唔!……图省事儿呗。"

"就这些?"

"还有,我叙述一下他做什么。"

"他做什么啦?"

"他观望沼泽地……"

"您为什么写作?"她沉吟一下,又问道。

"我吗?……我也不知道……大概是为了做点儿什么吧。"

"等以后您给我念念。"安日尔说道。

"什么时候都可以。正巧我兜里带了四五页。"我当即掏出几页手稿,尽量以有气无力的声调给她念起来:

蒂提尔(或帕吕德)日记

我略微抬起头,就能从窗口望见一座花园,而我还没有仔细观赏过。花园右侧有一片落叶的树林;花园前方则展现一片平野;左侧是一个水塘,下文我还要谈到。

从前花园里栽植了蜀葵和耧斗菜,但我疏于管理,任由花木乱长;再加上与水塘毗邻,灯芯草和苔藓侵占了整个园子,荒草淹没了花径,只剩下从我的住房通向平野的主甬道还可以走人,有一天我散步时就走过。暮晚时分,林中的野兽横穿这条道去水塘喝水。暮色苍茫中,我只能望见灰色的形影,由于很快就夜色四合了,我从未见过它们返回林中。

"换了我,肯定会害怕的,"安日尔说道,"不过,接着念吧,写得很好。"

我费劲念稿,弄得很紧张,便对她说道:

"唔!差不多就这些,余下的还没有成文。"

"有笔记吧,"她高声说道,"念一念笔记呀!这是最有趣的。从笔记上更能看出作者的意图,比看后来写的要强。"

于是,我接着往下念——事先就感到失望,但也无可奈何,只能给这些句子增添一种未完成的表象:

蒂提尔从塔楼窗口可以垂钓……

"再说一遍,这只是零散的笔记……"
"念您的吧!"

沉闷地等待鱼上钩;鱼饵不足,鱼线太多(象征)——出于需要,他一条鱼也钓不上来。

"为什么这样?"
"为了象征的真实。"

"他若是钓上点什么来呢?"

"那就是另一种象征,另一种真实了。"

"根本谈不上真实,事情是您随意安排的。"

"我安排,是为了让事情比在现实中更真实。这太复杂了,现在不宜向您解释,但是一定要明白,事件必须符合事物的特性,这样才能创作出好小说来。我们所经历的事情,没有一件是为别人所设的。换了于贝尔在那儿垂钓,肯定会钓上大量的鱼来!蒂提尔一条也钓不着,可以说这是心理上的一种真实。"

"就算这样吧——很好,念下去。"

  岸边的苔藓一直延伸到水底。水面的映像模糊不清;水藻;鱼游过——在谈到鱼时,避免使用"不透明的惊愕体"的字眼。

"但愿如此!可是为什么记上这样一笔呢?"

"只因我的朋友埃尔莫仁已经这样称呼鲤鱼了。"

"我倒觉得这种说法并不高明。"

"不管它。我还继续念吗?"

"请念吧,您的笔记很有趣。"

拂晓,蒂提尔望见平野上升起白色圆锥体;盐场。他下塔楼去看人家干活。世间没有的景象;两片盐田之间堤埂极窄。盐盘白到了极点(象征)——这种景象只有雾天才能见到;盐工戴着墨镜,以防害雪盲。

蒂提尔抓一把盐放进兜里,又转身回塔楼了。

"就这些。"
"就这些?"
"我只写出这些。"
"我担心,您这个故事有点儿枯燥。"安日尔说道。
冷场了好大一会儿,我又激动地高声说道:
"安日尔呀,安日尔,请问,您什么时候才能明白,是什么构成一本书的主题呢?——生活使我产生的情绪,我要说的是这种情绪:烦闷、虚荣、单调,这对我倒无所谓,因为我在写《帕吕德》——不过,蒂提尔的情绪也没什么。我可以肯定地告诉您,安日尔,我们每日所见,还要暗淡而乏味得多。"

"然而我可不觉得。"安日尔说道。

"这是因为您没有想到。这恰恰是我这本书的主题。蒂提尔这样生活,也并不觉得不满意,他从观赏沼泽地中找到乐趣——随着天气变化,沼泽地也呈现出不同的景象。况且,瞧瞧您自己嘛!瞧瞧您的经历!也不怎么丰富多彩呀!这间屋子您住了多久啦?——小房客!小房客!——也不单单您是这样!窗户对着街道,对着院子,往前一看便是墙壁,或是也望着您的一些人……再说,此刻难道我会让您对自己的衣裙感到羞愧吗?——难道您真的相信我们早已懂得自爱了吗?"

"九点钟了,"她说道,"今天晚上于贝尔朗读,对不起,我要去了。"

"他朗读什么?"我不禁问道。

"肯定不是《帕吕德》!"——她起身走了。

我回到家中,打算将《帕吕德》的开头写成诗,并写出头一节四行诗:

> 我略微抬起头来,
> 在窗口就能望见,
> 年年不披红挂彩,

那片树林的边缘。

这一天过去了,我躺下睡觉。

安日尔

星期三

弄个记事本,写下一周里每天我应当干什么,这才算聪明地支配自己的时间。自己决定行动,事先毫无顾忌地决定下来,就可以确信每天早晨不必看天气行事了。我从记事本中汲取责任感。我提前一周就写出来,以便有足够的时间置于脑后,为自己制造一些出乎意料的情况,这也是我的生活方式所不可或缺的。这样,我每天晚上睡觉时,面对的是一个未知的、又已经由我安排好了的明天。

我的记事本分两部分:这边一页写上我将做什么,而在对面那页上,每天晚上我记下自己干了什么。然后做个比较,勾销已做的事,而没有做到的亏欠的部分,就变为我本来应当做的事情了,我再写到十二月份上,这就促使我从精神上考虑了。——这种办法是三天前开始的。——因此,今天早晨,面对标示的计划:要在六点钟起床,我则写上:"七点起床",并在括号中加一句:负意外。——再往下看,本上有各种记录:

给古斯塔夫和莱翁写信。
奇怪没有收到朱尔的信。
去看贡特朗。
考虑理查德的个性。
担心于贝尔和安日尔的关系。
争取时间去植物园,为写《帕吕德》研究
子草的变种。
晚间在安日尔家度过。

接下来是这种想法(我事先为每天写下一种想法,正是这些想法决定我是忧伤还是快乐):

"有些事人们每天周而复始地做,只因没有更好的事情可做。毫无进展,甚至连维持都谈不上……然而,人又不能什么也不干……这是时间的困兽在空间中的运动,或是海滩上的潮汐。"——还记得我是经过一家带露天座的餐馆时,看见招待端盘子撤盘子,才产生这个念头。——我在下面写道:"适用于《帕吕德》。"我准备考虑理查德的个性。关于我的几个好友的思考和偶发事件,我都集中收在小写字台里,每个人一个抽屉。我取出一叠来,又念道:

理查德

第一页

　　杰出的人,完全值得我敬重。

第二页

　　通过锲而不舍的努力,终于脱离父母死后他所陷入的穷苦境地。奶奶还活着,但是好几年来,她又返回童年的性情。他又孝顺又温柔,像常见的孝敬老人那样,给予奶奶无微不至的照顾。他出于好德之心,娶了一个比他还穷苦的女子,以其专一为妻子营造幸福。——四个孩子。我是一个瘸腿小女孩的教父。

第三页

理查德当年对我父亲极为敬重,他是我最可靠的朋友。他虽然从未看过我写的任何作品,却敢说完全了解我。这就允许我写《帕吕德》了:我想蒂提尔时便联想到他。我真希望根本不认识他。安日尔和他不相识,他俩相见彼此难以理解。

第四页

我不幸很受理查德的敬重,因此,我什么也不敢做了。一种敬重,只要不能停止珍视,就不容易摆脱。理查德时常激动地向我断言,我干不出坏事来;而我有时要决定行动,却被他这话拉住了。理查德高度评价我这种消极状态,将我推上了美德之路的,是像他那样的一些人,而将我维系在这条路上的,则是这种消极状态。他经常把接受称作美德,因为这是允许穷人所具有的。

第五页

理查德终日在办公室工作,晚上守在妻子身边,念念报纸,好有话题聊天。他问过我:"帕伊隆的新剧在法兰西剧院演出,您去看过吗?"他了解所有新到的东西。他知道我要去植物园,就问我:"您要去瞧大猩猩吗?"理查德把我看作大孩子,这是我无法容忍的。我做什么他都不当回事儿,我要向他讲述一下《帕吕德》。

第六页

他妻子叫于絮珥。

我拿起第七页,写道:

"凡是于己无利的行业,都是可怕的——只能挣点儿钱的行业——挣得极少,必须不断地从头做起。简直停滞不前!临终时,他们一生干了什么呢?他们恪尽职守。我完全相信!他们的职守同他们一样渺小。"对我无所谓,因为我在写《帕吕德》,否则的话,我看自己也同他们不相上下了。我们的生存,的的确确应当有点儿变化。

仆人给我送来点心和信件,恰好有朱尔一封信,我还一直奇怪没有他的音信。出于健康考虑,我像每天早晨那样,称了称体重。我给莱翁和古斯埃夫各写了几句话,这才边喝我每天必喝的一碗牛奶(按照一些湖畔派诗人的做法),边思考道:"于贝尔半点也不理解《帕吕德》,他就是想不通,一个作者一旦不再为提供情况而写作,也就不会写出让人消遣的东西了。蒂提尔令他厌烦,他不明白不是社会状况的一种状态;他因为自己在忙碌,就自认为与这种状态无关——恐怕我解释得相当糟。一切都会如意的,他这样想,既然蒂提尔挺满意。然而,正是因为蒂提尔满意,我才要停止满意了。反之,还应当气愤。我要让蒂提尔安常处顺到可鄙的程度……"我正要考虑理查德的个性,忽听门铃响了,正是他本人递上名片之后进来了。我略微有点儿烦,只因不能很好考虑在场的人。

"啊!亲爱的朋友!"我边拥抱他,边高声说道,"这也太凑巧啦!今天早晨,我正想到您呢。"

"我来求您帮个忙,"他说道,"唔!也不算什么,不过,由于您也没有什么事干,我就想您可以帮我片刻。我需要一个推荐人,您得替我担保。我在路上向您解释吧。快点儿,十点钟我得赶到办公室。"

我就怕显得无所事事,于是答道:

"幸好还不到九点钟,我们还有时间,可是一完事儿,我就得去植物园。"

"唔!唔!"他接口说道,"您去看新到的……"

"不,亲爱的理查德,"我装出很自然的样子截口说道,"我不去看大猩猩,为了创作《帕吕德》,我必须去那里研究子草的一些变种。"

我随即就怪理查德引出我这愚蠢的回答。他噤声了,怕我们无知妄谈。我心想:他本可以纵声大笑,但是他不敢。他这种怜悯之心叫我受不了。显而易见,他觉得我荒谬。他向我掩饰自己的感觉,以便阻止我向他表示类似的感觉。其实,我们产生这种感觉彼此都知道。我们双方的敬重也相互依存,不能轻举妄动。他不敢撤回对我的敬重,唯恐我对他的敬重也立时跌落了。他对我和蔼可亲的态度有几分俯就的意味……哼!管他呢,我要讲述《帕吕德》,于是,我轻声说道:

"您妻子好吗?"

理查德立即接过话头,独自讲起来:

"于絮珥?哦!我那可怜的朋友!现在她太累眼睛了——这也怪我——要我对您讲讲吗,亲爱的朋友?这情况我对任何人都不会讲的……但是,我了解您的友谊,肯定能守口如瓶。事情的全部经过是这样的。

我的内弟爱德华急需一笔钱，必须弄到。于絮珥全知道了，是她弟妹雅娜当天来找她谈的。这样一来，我的抽屉几乎都空了，为了付厨娘的工钱，就不得不取消阿尔贝的小提琴课。我很难过，这是他在漫长的康复期间的唯一消遣。我不知道厨娘怎么得知了风声，这个可怜的姑娘特别依恋我们。您很熟悉，她就是路易丝。她流着泪来找我们，说她宁愿不吃饭，也不能让阿尔贝伤心。只能接受，以免挫伤这个善良的姑娘。不过，我心下也暗暗决定，每天夜里等妻子以为我睡着之后，两点钟再起来，翻译英语文章，我知道哪儿能发表，借此凑足我们亏欠好心的路易丝的钱。

"头一个夜晚，一切顺利。于絮珥睡得很深沉。第二天夜里，我刚刚坐定，忽然看见谁来啦？……于絮珥！——她也萌生了同样的念头：为了付给路易丝工钱，她要制作壁炉隔热扇，做好了知道去哪儿卖。——您也知道，她有几分画水彩画的才能……做出的东西很可爱，我的朋友……我们两个都很激动，相互拥抱并流下眼泪。我怎么劝她去睡觉也是徒然，其实，她干一会儿就累了，但她绝不肯去休息。她恳求我，让她留在我身边干活，把这当作最大友谊的明证。我只好同意,可是,她的确累呀。我们每天夜晚这样做,也就是守夜时间长一些,只不过我们彼此不再隐瞒了,就认为没有必要先睡下再起来干活了。"

"您讲的这事儿,真是感人极了。"我高声说道,但是心里却想:不行,恰恰相反,我永远也不能向他谈《帕吕德》。接着我又低声说道:"亲爱的理查德!要相信,我非常理解您的忧愁,您的确很不幸。"

"不,我的朋友,"他对我说,"不能说我不幸。我得到的东西极少,但是用这极少的东西,我就营造了我的幸福。我向您讲述我这事儿,您以为是要引起您的同情吗?自己由爱和敬重围着,晚上又在于絮耳身边工作……这种种快乐,拿什么换取我也不肯……"

我们沉默半晌,接着我又问道:"孩子们怎么样?"

"可怜的孩子!"他说道,"正是他们叫我犯愁:他们需要的是户外的新鲜空气,是阳光下的游戏;而居室太狭窄,人在里面生活都变小了。我呢,倒无所谓,人老了,这种情况也就认了……然而,我的孩子不快活,为此我很痛苦。"

"不错,"我又说道,"您家是叫人觉得有点闭塞,可是,窗户开得太大,街上的各种气味全上来了……

还好,有卢森堡公园……这甚至还是个主题,可以……"我马上又想道:"不,我绝不能对他谈《帕吕德》……"我心里这样一嘀咕,就换了一副陷入沉思的神态了。

过了一会儿,我正要询问祖母的情况,理查德却向我示意:我们已经到了。

"于贝尔已经在那儿了,"他说道,"对了,我一点儿还没有向您说明呢……我得找两个保人。算了,您会明白的……到时候看材料。"

"我想你们彼此认识。"在我同我挚友握手的时候,理查德补充一句。我的挚友已抢着问道:"喂!《帕吕德》进展如何?"我更加用力地握他的手,同时压低声音说道:"嘘!现在别问!等一会儿你跟我走,我们再谈好了。"

于贝尔和我签完了字,便辞别理查德,同路而行。他正巧要到植物园那边;去上一堂分娩实践课。

"哦,是这样,"我开口讲道,"你还记得海番鸭吧,我说过蒂提尔打了四只。根本没那事儿!他打不了,因为禁止打猎。马上就会来个神父,他要对蒂提尔说:'教会看到蒂提尔吃野鸭,会感到很悲伤,因为这是容易引人犯罪的猎物,人们避之犹恐不及;罪孽到处在等待我们,在拿不准的时候,宁可舍弃;我们应当喜爱苦行,教会了解不少绝妙的苦行之法,其功效十分可靠。——我会冒昧地劝导一位兄弟:请吃,请吃泥塘里面的蛆吧.'

"神父前脚刚走,一名医生后脚又来了,他说道:'您要吃野鸭!您还不知道,这非常危险!这一带的沼泽有恶性热病,要特别当心。应当让您的血液适应,"以毒攻毒"[1],蒂提尔!请吃泥塘里面的蛆虫('泥土中的蛆虫'[2]),蛆虫体内聚积了沼泽的精华,而且这种食物富有营养。'"

"哦,呸!"于贝尔说道。

"是不是?"我又说道,"这一切,虚假到了极点。你能想得到,那不过是个猎场看守员!然而,最令人吃惊的,还是蒂提尔品尝了,几天之后就吃习惯了。再过一阵儿,他会觉得蛆虫美味可口。说说看!蒂提尔够可恶的吧?"

"他是个幸福的人。"于贝尔说道。

---

1 原文为拉丁文。
2 原文为拉丁文。

"那好，谈谈别的事儿吧。"我不耐烦了，高声说道。忽然想起于贝尔和安日尔的关系应当引起我的不安，我就把他往这个话题上引：

"多单调啊！"我沉默一会儿，又开口说道，"没有一个重大事件！看来应当想法儿搅动一下我们的生活。不过，激情是发明不出来的！——再说，我只认识安日尔——她和我呢，我们从来没有以毅然决然的方式相爱。今天晚上我要对她讲的话，本来昨天晚上就可以对她讲了，一点进展也没有……"

我每说一句话都等一等。他却保持沉默。于是，我只好机械地讲下去：

"我呢，倒无所谓，因为我在写《帕吕德》，可是，叫我难以容忍的是，她不理解这种状态……甚至正是这种情况使我产生写《帕吕德》的念头。"

于贝尔终于忍不住了："如果她这样挺幸福，你干吗去搅扰她呢？"

"其实，她并不幸福啊，我亲爱的朋友。她自以为幸福，只因为她认识不到自己的状态。你完全清楚，平庸再加上盲目，那就更可悲了。"

"你要让她睁开眼睛，你不遗余力做的结果，不就是要让她感到不幸吗？"

"那样就相当可观了，至少她不再感到满足——她要求索。"但是，我不能再进一步了解什么了，因为此刻于贝尔耸了耸肩，又不吭声了。

过了一会儿，他又说道："原先我不知道你认识理查德。"

这话简直就是一个问题。——我本可以对他说，理查德，就是蒂提尔，但是我认为于贝尔根本无权鄙视理查德，便简单应付一句："他是个很可敬的人。"而我心下决定晚上再补偿，对安日尔谈一谈。

"好了，再见。"于贝尔说道，他明白我们不会谈什么了，"我赶时间，你走得又不快。对了，今天晚上六点钟，我不能去看你了。"

"那再好不过，"我答道，"这就会给我们带来变化。"

他走了。我独自走进植物园，缓步朝栽植的草木走去。我喜欢这地方，经常来，所有园丁都认识我，给我打开不对外开放的园地，都以为我是个搞科学的人，因为我常坐在水池旁边。多亏终日监守，这些水池就不用管理了，无声的水流为之补养。池中任由杂草生长,浮游着许多昆虫。我就专心注视着游虫,甚至可以说,多少是这景象使我萌生写《帕吕德》的念头:一种徒劳无益的观赏之感,我面对灰色的微生物的感慨。这天,我为蒂提尔写下这些话:

——各种景观中,平展的大景观吸引我——景物单调的荒原——我本想远行到水塘密布的地方,但是我这里就被水塘环绕。

不要以为我悲伤,其实我连忧郁都谈不上。我是蒂提尔,孑然一身,我喜爱一种景色,就像喜爱排解不了我的思想的一本书。须知我的思想是悲伤的,也是严肃的,比起别人的思想来,甚而是沉闷的。我比什么都喜爱这种思想,正因为要带着它漫步,我才到处寻觅平野、没有笑容的水塘、荒原。我带着它信步游荡。

我的思想为什么是悲伤的呢?——如果这给我造成很大苦恼,我就会更加经常琢磨这个问题了。如果不是您向我指出来,也许我还意识不到呢。因为,许多您根本不感兴趣的事物，它往往乐在其中。譬如，它就很乐意重读这一行行文字，它把乐趣寄托在各种小营生上，这无须我赘述，说了您也弄不清楚……

轻风徐吹，颇有点儿暖意。水面上纤弱的水草被虫子压弯了。刚冒芽的小草间隔开石头的空地儿，稍许逃逸的一点水就润泽了根须。苔藓一直铺到池底，暗影愈显得幽深，青绿色的水藻挂着气泡，供幼虫呼吸。忽然，一只水龟虫游过。我不由得产生一种富有诗意的想法，从兜里掏出一页空白纸，在上面写道：

蒂提尔微笑了。

这之后我饿了，于是决定改天再研究子草，先去码头大街寻找皮埃尔对我说过的那家餐馆。我原想独自用餐，不料却遇见莱翁；他向我谈起埃德加。下午，我去拜访几位文学家。将近五点钟，下起一阵小雨。我回到家中，写下学校二十来个用词的定义，还为"胚盘"一词找到新修饰语，竟有八个之多。

到了傍晚，我有点儿疲倦，吃罢晚饭便去安日尔家睡觉。我是说在她家里,而不是与她同眠——我同她一向只有无伤大雅的小小的调笑。

她一人在家。我进屋时,她正坐在一架新调的钢琴前,准确地弹奏莫扎特的一支奏鸣曲。时间已晚,听不见别的响动。她穿着一条小方格衣裙,多枝烛台上的蜡烛全点着了。

"安日尔,"我一进屋便说道,"我们应当设法改变一下生活!您又要问我今天干了什么吧?"

她无疑没怎么听明白我这话的尖酸,立刻就问道:

"怎么样,今天您做什么啦?"

于是,我也不由自主地回答:

"我见了我的挚友于贝尔。"

"他刚从这儿走的。"安日尔接口说道。

"亲爱的安日尔,难道您就不能一同接待我们吗?"我高声说道。

"恐怕他不怎么愿意吧,"她又说道,"您呢,如果一定要这样,那就星期五来我这儿吃晚饭,他也到场。您给我们朗诵诗……对了——明天晚上,我邀请您了吗?我要接待几位文学家,您也得来。——我们九点钟聚会。"

"今天我就见了几位,"我答道,指的当然是文学家,"我喜欢他们平静的生活方式。他们总在工作,然而又怎么也打扰不了他们。您去看他们的时候,就觉得他们只是在为您而工作,也爱对您谈论。他们殷勤好客,显得和蔼可亲,并从音容笑貌上一样样从容地构建出来。我喜爱这些人,他们终日忙碌,而且能和我们一起忙碌。由于他们不做任何有价值的事情,别人占用他们的时间也不会感到内疚。哦!对了,我见到蒂提尔了。"

"那个独身男子?"

"对。不过,实际上他结了婚……是四个孩子的父亲。他叫理查德……不要对我说他刚离开这儿,您不认识他。"

安日尔有点儿生气,对我说道:"您看怎么着,您的故事不真实!"

"为什么,不真实?——就因为不是一个,而是六个人吗?——我安排蒂提尔独自一人,是集中表现这种单调的生活,这是一种艺术手法。您总不能让我写他们六个人都垂钓吧?"

"我完全确信,他们在现实生活中,各有不同的事儿要干!"

"那些事儿,假如我一一描写出来,就会显得差异太大了。作品中叙述的各种事件之间,并不保留它们在生活中的价值。为了存真,就不得不重新安排。关键是我所指出的,是事件使我产生的情绪。"

"这种情绪如果是错的呢?"

"亲爱的朋友,情绪从来不会错的。您不是有时读过谬误始自判断吗?其实,何必叙述六遍呢?既然让我产生同样的感觉——恰恰相同,而六遍……您想知道在现实生活中,他们干什么吗?"

"谈谈吧,"安日尔说道,"瞧您这样子,都恼火了。"

"根本没有,"我嚷道……"父亲耍笔杆子;母亲操持家务;大儿子给别人家上课;二儿子上人家的课;大女儿是瘸子;小女儿太小,什么也不干。还有一个厨娘……主妇名叫于絮珥……要注意,他们所有人,每天都各自干完全相同的事情!!!"

"也许他们穷吧。"安日尔说了一句。

"必然的!不过,您理解《帕吕德》吗?理查德刚一结束学业就丧失了父亲——那是个鳏夫。他只好谋生,他财产不多,又让一个哥哥给夺走了。可是谋生,干些微不足道的活儿,想想看嘛!只是赚钱的活儿!在办公室里,抄多少页的文件!而不是去旅行!他什么也没有见过,他的谈话变得十分乏味。他看报纸是为了能同人交谈——如果他有闲聊的工夫——他的时间全被占用。但还不能说他去世之前,就不可能干任何别的事情了。——他娶了一个比他还穷的女人,他们有崇高的感情,并无爱情。妻子名叫于絮珥——哦!我早就对您说过。他们将婚姻变成长时间的爱情见习期,结果还真的很相爱,他们也是这么对我说的。他们非常爱自己的孩子,孩子也非常爱他们……也包括厨娘。星期日晚上,大家玩填格游戏……我差一点儿忘了老奶奶,她也跟着一起玩,但是她眼神儿不好,看不清棋子儿了,别人就悄悄说她不算数。啊!安日尔!理查德!他谋生,什么招儿都用上了,以便堵窟窿,填满极深的亏空——都用上!——他的家也一样。——他生来就是独身——每天都同样穷凑合,都是所有最好东西的代用品。——而现在呢,不要想得太糟——他品德极为高尚。况且,他也觉得幸福。"

"咦,怎么!您在哭泣?"安日儿问道。

"不要介意……是神经质。——安日尔,亲爱的朋友——到头来,您不觉得我们的生活缺乏真正新奇的东西吗?"

"有什么办法?"她又轻声说道,"我们俩到近处旅行一次,您看好吗?等等,周六,您没有事情吧?"

"可是,您不会考虑,后天吧?"

"有何不可?我们赶早一道动身;明天晚上,您就在我这儿吃饭——同于贝尔一起;您留下来,睡在我身边……现在,再见,"安日尔说道,"我要去睡了;时间晚了,您弄得我有点儿累。女用人给您准备好了房间。"

"不,我不留下了,亲爱的朋友——请原谅我,我太兴奋了。睡觉之前,我要写很多。明天见。我回家了。"

我想查一查记事本。我几乎跑着离开,这也是因为天下起了雨,而我又没带雨伞。我一回到家,就立刻为下周的一天写下这种想法,也不仅仅对理查德而言:

"卑贱者的德行——接受;而且,这特别切合他们中一些人的实际,能让人以为,他们的生活就是量他们的灵魂而裁制的。尤其不要怜悯他们,他们的状态适于他们。可悲的状态!一旦这种平庸的状态不再表现在财产上,他们就视而不见了。——我突然对安日尔讲的,也真是么回事儿:每个人的际遇都很契合自己。每个人找到适于自己的命运。因此,人若是满足于自己所拥有的平庸,也就表明它合体,不会有别种际遇了。合乎尺寸的命运。梧桐和桉树生长,撑得树皮发出嘎嘎的破裂声,而人的衣服也必然如此。"

"我写得太多了。"我思忖道,"有四个词儿就够了。但是,我不喜欢公式。现在审查一下安日尔惊人的建议。"

我将记事本翻到第一个周六,在这一页上我能读到:

"争取六点钟起床。——让感觉多样化一点儿。

"给吕西安和夏尔写信。

"为安日尔找出'黑但却美'[1]的相应的词语。

"希望能看完达尔文。

---

[1] 原文为拉丁文。

"回访洛尔(解释《帕吕德》)、诺埃米、贝尔纳——让于贝尔震惊(重要)。

"临近傍晚,争取从索尔菲里诺桥上通过。

"查找'蕈状赘'的修饰语。"

只有这些。我又拿起笔,全部涂掉,只写上这样一句话:

"同安日尔去郊游一乐。"

然后,我就去睡觉了。

宴 会

星期四

　　一夜辗转反侧,今天早晨起来有点儿难受,就改改习惯,没有喝牛奶,而喝了点儿药茶。记事本上这一页是空白,这就表明这一天留给了《帕吕德》。没有任何别的事情可干的日子,我就用来工作。我创作了一上午,这样写道:

蒂提尔日记

　　我穿越了大片荒原,辽阔的平野无边无际;即使丘岗也很低矮,大地略微隆起,仿佛还在酣睡。我喜爱到泥炭沼边缘游荡。踏出来的小径硬实一点儿,土层厚而水分少些。其余各处土质松软,一下脚苔藓草墩便往下沉。苔藓吸饱了水分,变得很松软;有些地方则有暗沟放水,晒干苔藓,长了欧石南和矮松,长了匍匐的石松。有些洼地聚水,呈棕褐色而腐臭。我住在低洼地,没有怎么考虑搬到丘岗上,心里完全清楚到那里也不会看到别的什么东西。我并不远眺,尽管朦胧的天空也有魅力。

腐水面上有时展现奇妙的彩虹,飞来极美的蝴蝶,那翅膀是无与伦比的。水面上绚丽多彩的薄层全是分解的物质。夜晚唤醒磷光,飘忽在水塘上,而从沼泽地上起来的鬼火,真好像升华了。

沼泽地!有谁能讲述你的魅力?蒂提尔!

这几页文字不要给安日尔看,我心想:蒂提尔在那里似乎生活得蛮幸福。

我还记了几笔:

蒂提尔买了一个玻璃鱼缸,摆在毫无装饰的屋子中央,想到外面的全部景色都集中在鱼缸里,心中甚是得意。他只放进去淤泥和水,而随淤泥带来的陌生的水族活动起来,给他增添了乐趣。水总那么混浊,只能看见游近玻璃的水虫。他喜爱光和影的交替变换,透进鱼缸,显得更黄或者更灰暗——从护窗板缝透进来的光线穿过鱼缸。想不到鱼缸里的水越来越活跃……

这时,理查德进来了,他邀请我星期六吃午饭。我很高兴能回答说,那天我不巧要去外地办事。他显得很吃惊,没有再说什么就走了。

过了一会儿,我简单吃了顿午饭,也出门了,先去看看艾蒂安,他正审阅他的剧本的校样。他对我说,我写《帕吕德》路子走对了,因为在他看来,我天生不适于写剧本。我告辞出来,在街上又遇见罗朗,由他陪同去阿贝尔家,看到克洛狄乌斯和于尔班。这两位诗人也正断言,再也不能创作戏剧了,但是谁也不同意对方阐述的理由,不过一致认为应当取消戏剧。他们也对我说,我不再写诗算是做对了,因为我写不出像样的诗来。泰奥多尔进来了,继而,我受不了其身

上气味的瓦尔特也来了;于是我离开,罗朗也随我出来。一来到街上,我便说道:

"什么生活,真叫人难以容忍!您受得了吗,亲爱的朋友?"

"还行吧,"罗朗说道,"请问,为什么说难以容忍呢?"

"本来可以换样儿而没有换样儿,这一点就足够了。我们的一举一动、一言一行都烂熟了,换个人来也会这样做,重复我们昨天的话语,再组成我们明天的词句。阿贝尔每星期四接待客人,客人中不见于尔班、克洛狄乌斯、瓦尔特和您本人,他那惊讶的程度,也像我们大家不见他在家里一样!哦!我也不是发牢骚,确实看不下去了。我要走了……动身去旅行。"

"就您,"罗朗说道,"嘻!去哪儿,什么时候动身?"

"后天……去哪儿?我也说不好……不过,亲爱的朋友,您应当明白,我若是知道去哪儿,去干什么,也就走不出我这苦恼圈儿了。动身就是动身,单纯得很,出乎意料本身就是我的目的——意想之外的情况——您明白吗?——意想之外的情况!我可不是向您提议陪我一起走,因为我要带安日尔……不过,您何不也走一走呢,去哪儿都成,让那些不可救药之人死守去吧。"

"对不起,"罗朗说道,"我和您不一样,我要走,就喜欢弄清楚去哪儿。"

"那就是有选择喽!我怎么对您说呢?就说非洲吧!您熟悉比斯克拉[1]吗?想想照在沙漠上的太阳!还有那些棕榈树。罗朗啊!罗朗!那些单峰驼!——想一想吧,同一个太阳,我们隔着尘烟和城市建筑,从屋顶之间可怜巴巴望见那么一点儿,在那里已经阳光灿烂,已经普照大地。想一想吧,到处都无拘无束!您还要一直等下去吗?罗朗啊!这里空气污浊,同烦闷一样令人打哈欠,您走不走啊?"

"亲爱的朋友,"罗朗说道,"那里等待我的,可能有特别令人惊喜的情况,可是,我事情太多,脱不开身——我干脆就不去向往。我不能去比斯克拉。"

"恰恰是要放一放,"我接口说道,"放一放缠住您的这些事务。——总陷在里面,难道您就甘心吗?

---

[1] 阿尔及利亚一城市名。

我呢,倒也无所谓,要知道,我是动身去另外一个地方。——不过您想一想,人来到世上,也许就这么一回,而您那活动的圈子是多么小啊!"

"唉!亲爱的朋友,"他说道,"不必再讲了,我自有重大的理由,您说的这套我也听厌了。我不能去比斯克拉。"

"那就不谈了,"我对他说道,"我也到家了,好吧!过一段时间再见。我去旅行的消息,麻烦您告诉其他所有人。"

我回到家中。

六点钟,我的挚友于贝尔来了,他从互助会那里来,一见面就说道:

"有人向我提起《帕吕德》!"

"谁呀?"我不禁好奇地问道。

"几位朋友……告诉你,他们不大喜欢,甚至还对我说,你最好还是写写别的。"

"那你就住口吧。"

"你了解,"他又说道,"反正我也不懂,只是听人讲。你写《帕吕德》,既然觉得有意思……"

"哪里,我一点也不觉得有意思,"我高声说道,

"我写《帕吕德》是因为……算了,谈点儿别的……我要去旅行。"

"哦!"于贝尔应了一声。

"对,"我说道,"人有时就需要出城走一走。我后天动身,还不知道去哪儿……我带着安日尔。"

"怎么,在你这年龄!"

"唉!亲爱的朋友,是她邀请我的。我可不建议你同我们一起去,因为我知道你太忙……"

"再说,你们也喜欢单独在一起……不用讲了。你们要到远处逗留很久吗?"

"不会太久,我们还得受时间和金钱的限制,不过,关键是离开巴黎。要出城,只能靠强有力的交通工具,乘坐快车;难就难在冲出郊区。"我站起来踱步,以便激发一下情绪:"要经过多少站,才能到达真正的农村!每站都有人下车,就好像赛马刚一起跑,就有人掉下去了。车厢渐渐空了。——旅客!旅客在哪儿呢?——没下车的人是要去办事;司机和技工,他们要一直到终点,但是留在火车头上。况且,终点,那是另一座城市。——乡村!乡村在哪儿呢?"

"亲爱的朋友,"于贝尔也走起来,说道,"你太夸张了——很简单,乡村始于城市截止的地方。"

我又说道:

"然而,亲爱的朋友,城市恰恰截止不了,出了市区,还有郊区……我看你把郊区给忘了——两座城市之间所见到的全部景象。缩小了的房舍,稀稀落落,还有更丑陋的东西……城市拖拉出来的部分,一些菜园子!还有路两边的沟坡。道路!应当上路,所有人,而不是去别的地方……"

"这些你应当写进《帕吕德》。"于贝尔说道。

这下子我完全火了:

"可怜的朋友,一首诗存在的理由、它的特性、它的由来,难道你就始终一窍不通吗?一本书……对,一本书,于贝尔,像一只蛋那样,封闭、充实而光滑,塞不进去任何东西,连一根大头针也不成,除非硬往里插,那么蛋的形态也就遭到破坏。"

"请问,你这只蛋充实了吗?"于贝尔又问道。

"唉!亲爱的朋友,"我又嚷道,"蛋不是装满的,生下来就是满的……况且,《帕吕德》已经如此了……说什么我最好写写别的,我也觉得这话说得很蠢……很蠢!明白吗?……写写别的!首先我求之不得,可是要明白,这里同别处一样,两边都有陡坡护着,我们的道路是规定死了的,我们的工作也如此。这里我守着,因为没有任何人,全排除掉了,我才选了一个题目,就是《帕吕德》,因为我确信没有一个人会困顿到这份儿上,非得到我的土地上来干活。这个意思,我就是试图用这句话来表达:'我是蒂提尔,孤单一人'。——这话我给你念过,你没有留意……还有,我求过你多少回,千万不要跟我谈文学!对了,"我有意岔开话题,又说道,"今天晚上,你去安日尔那里吗?她接待客人。"

"接待文学家……算了,"于贝尔答道,"你知道我不喜欢,这种聚会多极了,除了聊天还是聊天。我原以为,你在那种场合也感到窒息呢。"

"的确如此,"我接口说道,"不过,安日尔盛情邀请,我不愿拂她的意。再说,我去那儿还要会会阿米尔卡,向他指出大家都喘不上来气儿。安日尔的客厅太小,不宜组织这类晚会,这一点,我要设法跟她讲讲,甚至要用上'狭窄'这个词……还有,我到那儿要跟马尔丹谈谈。"

"随你便吧,"于贝尔说道,"我走了,再见。"

他走了。

我整理一下材料,便开始吃晚饭,边吃边想这次旅行,心中反复念叨:"只差一天啦!"——我念念不忘安日尔的这个提议,快吃完饭时心情特别激动,认为应当给她写上这样一句话:"感知始于感觉的变化,因此必须旅行。"

信封上之后,我不敢怠慢,便去她家里。

安日尔住在五楼。

她招待客人的日子,会在门前放一张条凳,另一张放在三楼的楼道,摆在洛尔的门前,可以坐下来歇口气儿,以供不时之需:休息站。我上楼就气喘了,坐到头一张凳子上,从兜里掏出一张纸,打算构思几点论据对付马尔丹。我写道:

> 人不出门,这是个错误。况且人也不可能出去,但这正是因为人不出门。

"不对!不是这码事儿!重写。"我把纸撕掉。"应当指出的是,每个人虽然关在家中,却自认为身在户外。我这生活的不幸!一个事例。"——这时,有人上楼来，正是马尔丹。他说道：

"咦！你在工作！"

我答道：

"亲爱的，晚上好。我正在给你写呢，别打扰我。你到楼上那张凳子坐下等我。"

他上楼去了。

我写道：

> 人不出门——这是个错误。况且，人不可能出去——但这正是因为人不出门。——人不出门是因为自以为已经在外面了。如果知道自己关在屋里，那至少会产生出去的愿望。

"不对！不是这码事儿！不是这码事儿！重写。"我撕掉纸。"应当指出的是，谁也不观望，因此人人都自以为在外面。况且，不观望也因为是瞎子。我这生活的不幸啊！我简直一点儿也不理解了……而且，在这里创作真是难受极了。"我又换了一张纸。这时，有人上楼来，是哲学家亚历山大。他说道：

"咦！您在工作？"

我正全神贯注，回答说：

"晚上好。我给马尔丹写东西。他正在楼上，坐在凳子上。请坐，我这就完……唔！没位置坐啦？……"

"没关系，"亚历山大说道，"我有手杖撑着。"于是他拉开手杖，站着等候。

"喏，现在完了。"我又说道。我从栏杆探出头，喊道："马尔丹，你在上面吗？"

"在呀！"他也喊道，"我等着呢。把你的凳子带上来。"

我到安日尔这里，差不多跟到家一样，就拖着凳子上去。到了楼上，我们三人坐定，马尔丹和我交换，看各自写的，亚历山大则等着。

只见我这一页上写道：

　　盲目自以为幸福。以为看得很清楚就不打算看了，因为：只能看出自己是不幸的。

只见他那张纸上写道：

　　因盲目而幸福。以为看得很清楚就不打算

看了,因为:看清自己只能是不幸的。

"然而,"我高声说道,"我恰恰惋惜令你欢喜的事。——应当说我有道理,因为我惋惜你这样喜欢,而你呢,却不能喜欢我对此惋惜。——重来。"
亚历山大在等着。
"马上就完,"我对他说道,"回头再向您解释。"
我们又拿起各自的稿纸。
我写道:

> 你提示我说,有人这样翻译"Numero Deus impare gaudet":"数字2很高兴成为奇数",他们也认为数字2这样有道理。——那么,奇数本身如果真的蕴含幸福的希望——我是指自由的希望,我们就应当对2这个数说:"不过,可怜的朋友,您并不是奇数。您若是满足于做奇数,至少先设法变为奇数。"

他写道:

你提示我说,有人这样翻译"Et doma ferentes":"我怕希腊人。"——译者发觉不到在场者了。——那么,每个在场者,如果真的隐藏一个能当即征服我们的希腊人,我就要对希腊人说:"可爱的希腊人,给予并索取吧,这样我们就两清了。不错,我是你的人,否则的话,你什么也不会给我了。"凡是我说到希腊人时,你就理解为必要性吧。它索取的相当于它给予的。

我们交换看。一阵工夫过去了。
他在我那张纸下端写道:

我越考虑越觉得,你的例子很愚蠢,因为,毕竟……

我在他这张纸下端写道:

我越考虑越觉得,你的例子很愚蠢,因为,毕竟……

写到这里,一页满了,我们俩都翻过来。然而,我在他这张纸反面看到已经写了:

规则之内的幸福。乐在其中。构想一份典型的菜单。

第一:汤(根据于斯曼先生);

第二:牛排(根据巴雷斯先生);

第三:蔬菜选择(根据加布里埃尔·特拉里厄先生);

第四:装着埃维昂矿泉水的短颈大肚水瓶(根据马拉美先生);

第五:查尔特勒绿金酒(根据奥斯卡·王尔德先生)。

在我的这张纸上,仅仅看到我在植物园所产生的富有诗意的思想:

蒂提尔微笑了。

马尔丹问道:"蒂提尔是谁?"

我答道:"是我。"

"这么说,你时常微笑啦!"他接口说道。

"唉,亲爱的朋友,别忙,听我给你解释。(每次都管不住自己!……)——蒂提尔,是我,又不是我——蒂提尔,是那个傻瓜,那是我,是你……是我们大家……别这么嘿嘿冷笑……你惹我恼火了……我说的傻瓜,意思就是残废的人:他往往想不起自己的不幸,也就是我刚才对你讲的。人有忘却的时候,不过要明白,这句话没什么,无非是带点儿诗意的思想……"

亚历山大看了我们所写的。亚历山大是位哲学家,他说什么,我总持怀疑态度,也从不应答。他微微一笑,转向我,开口说道:

"先生,您所说的自由行为,照您的意思,我看就是一种不受任何限制的行为。跟着我的思路——是可以游离的;注意我的推理——是可以取消的,我的结论——毫无价值。先生,要紧紧抓住一切,不要追求偶然性。首先,您也得不到,其次,得到了对您又有何用?"

我还照老习惯,根本就不搭腔。每当一位哲学家回答你的问题,你就再也弄不明白自己问的是什么了。

这时传来上楼的脚步声,是克列芒、普罗斯佩和卡西米尔他们。

"怎么,"他们一见亚历山大同我们坐在一起,便说道,"你们变成禁欲主义者啦?进去吧,各位门神先生。"

我觉得他们这个玩笑开得有点儿矫揉造作,因此,我认为应当在他们之后进去。

安日尔的客厅已经满是人了。安日尔在客人中间笑容可掬,她走来走去,给人送咖啡、奶油球蛋糕。她一瞧见我,便跑过来,低声说道:

"唔!您来了,我有点担心大家会感到无聊,您给我们朗诵几首诗。"

"不行,"我答道,"那样的话,大家还会同样感到无聊——况且您也了解我不会作诗。"

"哪里,哪里,近来您总写了点儿什么……"

这时,伊尔德勃朗凑上来:

"哦!先生,"他拉住我的手,说道,"幸会,幸会。您最近的大作,我还没有拜读呢,不过,我的朋友于贝尔向我大肆称赞……今天晚上,您似乎赏光给我们朗诵诗……"

安日尔抽身走了。

伊勒德维尔来了,他问道:

"对了,先生,您在写《帕吕德》?"

"您怎么知道的?"我高声反问道。

"还用问,"他又说道(口气夸张),"这成了大家议论的中心——甚至可以说,新作和您最近这部作品不会一样——新近的大作我还没有拜读,不过,我朋友于贝尔曾对我大谈特谈。——您将要给我们朗诵诗,对不对?"

"可不是水坑里的湿虫,"伊吉道尔愚蠢地插言道,"《帕吕德》里好像生满了,这是听于贝尔讲的。哦!说到这个,亲爱的朋友——《帕吕德》,究竟是什么?"

华朗坦也凑过来,由于好几个人都同时恭听,我的思想不免乱了。

"《帕吕德》……"我开始解释,"这故事讲的是一个中立地区,属于所有人的地方……更确切地说,讲的是一个正常的人,每个人的入世都在他身上有所体现的人。这故事讲的是第三者,人们所谈论的人——

他生活在每个人身上,又不随同我们死去的人。——在维吉尔的诗中,他叫蒂提尔,诗中还特意向我们说明他是躺着的——'蒂提尔又倒下去'[1],《帕吕德》讲的是躺着的人的故事。"

"咦!"帕特拉说道,"我还以为讲的是一片沼泽地的故事。"

"先生,"我答道,"言人人殊嘛——实质却永恒不变。——不过,请您要明白,向每人讲述同一件事的唯一方法,你听清楚了,讲述同一件事,唯一的方法,就是根据每种新精神改变形式。——此刻,《帕吕德》就是安日尔的客厅的故事。"

"我明白了,总之,您还没有确定呢。"阿纳托尔说道。

菲洛克塞纳走过来,他说道:

"先生,大家都等您的诗呢。"

"嘘!嘘!"安日尔说道,"他这就朗诵了。"

全场肃静。

"可是,先生们,"我又气又恼,嚷道,"我向你

---

1 原文为拉丁文。

们保证,真的没有什么值得朗诵的。迫不得已,我就给你们念一小段,免得说我拿架子,这一小段还没有……"

"念吧!念吧!"好几个人说道。

"好吧,先生们,既然你们坚持……"

我从兜里掏出一张纸,也没有摆姿势,随口就以平淡的声调念道:

　　散步

　　我们漫步,走在荒原上。

　　愿上帝听见我们的声响!

　　我们就这样在荒原游荡,

　　直到暮色降临大地,

　　我们实在筋疲力尽,

　　就很想坐下来小憩。

……大家继续保持肃静,还在等待,显然没明白诗已经完了。

"完了。"我说道。

这时,在冷场中间,忽听安日尔说道:

"真妙啊！您应当把这放进《帕吕德》里去。"她见大家始终沉默，便问道："对不对，先生们，应当把这放进《帕吕德》里去？"

于是，一时间全场议论纷纷，有人问:《帕吕德》?《帕吕德》？——是什么呀？——另一些人则解释《帕吕德》是怎么回事。——可是，越解释越抓不住了。

我也插不上嘴，可是这时，生理学家加罗吕斯——出于追本溯源的癖好，带着询问的神色走到我面前。

"《帕吕德》吗？"我立刻开口说道，"先生，这个故事讲的是生活在黑暗的山洞里的动物，因为总不使用眼睛而丧失视觉。——再说，您请便吧，我实在热得难受。"

这工夫，精明的批评家埃瓦里斯特下了结论：

"我担心这个题材有点儿太专业。"

"可是，先生，"我只好应答，"就没有太特殊的题材。'实在遗憾'[1]，维吉尔这样写道，甚至可以说，这恰恰是我的题材——实在遗憾。

---

[1] 原文为拉丁文。

"艺术就是相当有力地描绘一个特殊的题材,以便让人从中理解它所从属的普遍性。用抽象的词语很难说清楚,因为这本来就是一种抽象的思想。——不过,想一想眼睛靠近门锁孔所看到的广阔景物,您就一定能理解我的意思了。某个人看这仅仅是个门锁孔,但是他只要肯俯下身去,就能从孔中望见整个世界。有推而广之的可能性就够了,推广普及,那就是读者、批评家的事儿了。"

"先生,"他说道,"您倒把自己的任务大大地简化了。"

"否则的话,我就取消了您的任务。"我答道,一下子噎得他走开了。"嘿!"我心中暗道,"这回我可以喘口气儿啦!"

恰好这当儿,安日尔又拉住我的袖口,对我说道:

"走,我让您看样东西。"

她拉着我走到窗帘跟前,轻轻撩起窗帘,让我看玻璃窗上一大块黑乎乎的东西,还发出嗡嗡的响声。

"为了不让您抱怨屋里太热,我找人安了个排风扇。"她说道。

"啊!亲爱的安日尔。"

"不过,"她继续说道,"它总嗡嗡响,我又不得不拉上窗帘遮住。"

"哦!是这东西呀!可是,亲爱的朋友,这也太小啦!"

"商店老板对我说,这是适于文学家的尺码。个头儿大的是为政治会议制作的,安到这儿就听不见说话了。"

这时,伦理学家巴尔纳尔贝走过来,拉拉我的袖口,说道:

"您的许多朋友向我谈了《帕吕德》,足以让我比较清楚地领会您的意图。我来提醒您,我觉得这事儿无益并且有害。——您本人憎恶停滞状态,就想迫使人们行动——迫使他们行动,却不考虑您越是在他们行动之前干预,行动就越不是出于他们的本意。从而您的责任增加,他们的责任则相应减少了。然而,唯独行为的责任感,才能赋予每种行为以重要性——行为的表象毫无意义。您只能施加影响,教不会别人产生意愿,因为'意愿不是教会的'[1];您努力的结果,如

---

1 原文为拉丁文。

能促成一些毫无价值的行为,那就算很可观啦!"

我对他说道:

"先生,您否认能照顾他们,那就是主张不要关心别人了。"

"要照顾,至少是很难的,而我们这些照顾者的作用,不在于立竿见影地促成重大的举动,而是让人负起日益重大的微小举动的责任。"

"以便增加行动的顾虑,对不对?您要增加的不是责任感,而是顾忌。这样,您又削减了自由。像样负责的行为,是自由的行为;而我们的行为不再是自由的了,我不是要促使产生行为,而是要解救出自由……"

他于是淡淡一笑,以便给他要讲的话增添点风趣,说道:

"总而言之——如果我领会透了的话,先生——您是强制人接受自由……"

"先生,"我提高嗓门儿,"我看到身边有病人的时候,就感到不安。如果要照您的话,担心降低治好病症的价值,就算我不想办法给他们治一治,至少我也要向他们指出他们有病……明确告诉他们。"

迦莱亚斯凑上前,只为插进这样荒谬的话:

"不是向病人指出病症,而是让他们观赏健康,才能治好病。应当在医院每张病床上方画上一个正常的人,应当给医院楼道里塞满法尔内塞府邸[1]的赫拉克勒斯。"

"首先,正常的人不叫赫拉克勒斯……"

有人立刻帮腔:"嘘!嘘!伟大的华朗坦·克诺克斯要讲话了。"

他说道:

"在我看来,健康并不是一个如此令人艳羡的优点。这不过是一种均衡,各部位的一种平庸状态,没有畸形发展。我们只有与众不同才显得杰出,特异体质就是我们的价值病——换言之,我们身上重要的,是我们独有的,在任何别人身上找不到的东西,是您所说的'正常人'所不具备的——也就是您所称的疾病。

"从现在起,不要把疾病视为一种缺陷,恰恰相反,是多出了点儿什么东西。一个驼子,就是多出个肉坨的一个人,而我希望你们把健康视为疾病的一种

---

[1] 位于罗马,建于16世纪,是小安东尼奥·达·桑迦洛和米开朗琪罗的作品,装饰壁画上有希腊神话中的人物赫拉克勒斯等。

欠缺。

"我们并不看重正常人，我甚至要说是可以取消的——因为随时随地都能再找到。这是人类最大的公约数，而从数学角度看，作为数，就可以从每个数字中拿掉，无损于这个数字的个性。正常人（这个词令我恼火），就是熔炼之后，把特殊的成分提出来，转炉底剩下的渣滓，那种原材料。这就是通过珍稀品种杂交而重新得到的原始鸽——灰鸽子——有色羽毛一掉光，就毫无出奇之处了。"

我听他谈起灰鸽子，不禁激动起来，真想紧紧握住他的手，便说道："啊！华朗坦先生。"

他只给了我一句：

"你住口，文学家。首先，我仅仅对疯子感兴趣，而您简直太有理智了。"他又继续说道："正常人，就是我在大街上碰到的、用我的姓名招呼、乍一看当成我自己的一个人。我把手伸给他，高声说道：'我可怜的克诺克斯，今天你气色这么不好！你的单片眼镜哪儿去啦？'令我惊奇的是，同我一道散步的罗朗，也用他的姓名同那人打招呼，跟我同时对那人说：'可怜的罗朗！您的胡子哪儿去啦？'继而，我们厌烦了，就将那人一笔勾销,一点儿也不感到遗憾,因为他毫无新奇之处。那人呢,也哑口无言,只因他有一副可怜相。他,正常人,你们知道他是谁吗?就是第三者,人们谈论的那位……"

华朗坦转向我,我则转向伊勒德维尔和伊吉道尔,对他们说道:"嗯?我对你们说什么啦?"

华朗坦注视着我,声音极高,接着说道:"在维吉尔的诗中,他叫蒂提尔,就是不随同我们死去,借助每个人活在世上。"他哈哈大笑,又冲着我补充一句:"因此,杀掉他也无所谓。"

伊勒德维尔和伊吉道尔也忍俊不禁,嚷道:

"好哇,先生,蒂提尔就一笔勾销吧!!!"

我气急败坏,再也忍不住了,也嚷道:

"嘘!嘘!我要讲话啦!"

我顾不得章法,开口便说道:

"不对,先生们,不对!蒂提尔也有自己的病症!!!——所有人!我们所有人,从生到死都有,例如,在这种糟糕的时候,我们怀疑成癖:今天晚上,家里的门上锁了吗?于是又去瞧瞧;今天早晨,领带打上了吗?于是用手摸摸;今天晚上,裤子扣好了吗?

于是检查一下。喏!瞧瞧马德吕斯,他还不放心!还有博拉斯!你们都瞧见了。请注意,我们完全知道事情做好了,可是因为有病又重做——回顾病。就因为做过而重做。我们昨天的每个举动,似乎今天都向我们提出要求,就好像一个婴儿,我们给了他生命,往后还得养活他……"

我筋疲力尽,自己听着也觉得讲得很糟……

"凡是经过我们手做的事,仿佛都得由我们维护延续,从而产生一种恐惧心理,怕事情做多了负担太重——因为,每个举动一旦完成,非但没有变成我们的一个启动器,反而变成凹陷的床,邀我们又倒下去——'又倒下去'[1]。"

"您讲的这些还真有点儿意思……"彭斯开了口。

"哪里呀,先生,一点儿意思也没有——根本不应当写进《帕吕德》里……我讲过,我们现在的行为方式,表现不出我们的个性了……个性寓于行为中……寓于我们所做的(颤音)两次行为、三次行为中。贝尔纳是谁?就是星期四在奥克塔夫家遇见的那位。——

---

1 原文为拉丁文。

奥克塔夫又是谁？就是星期四接待贝尔纳的那一位。——还有什么呢？也是星期一去贝尔纳家做客的那一位。——是谁……各位先生，我们所有人，都是谁？我们是每星期五晚上到安日尔家做客的人。"

"可是，先生，"吕西安有礼貌地说道，"首先，这再好不过了；其次，请您相信，这是我们唯一的相切点！"

"哦！真的，先生，"我又说道，"我认为，于贝尔每天六点钟来看我，他就不能同时到您家去。如果接待你们的人是布里吉特，那又能改变什么呢？……如果约阿金只能每隔三天接待布里吉特，那又有什么关系？……难道我还要统计一下？……不！不过，今天，我倒很想用手着地走路，而不是像昨天那样，用双脚走路！"

"我倒觉得，您就是这样干的。"图利乌斯愚蠢地说道。

"唉，先生，这恰恰是我自怨自艾的事儿。要注意，我说'我倒很想'！况且，现在我就到大街上去，试着这么干一干，准得让人当作疯子给关起来。正是这一点令我恼火……也就是说，整个外界，法律、习俗、人行道,似乎决定我们的重复动作,规定我们的单调行为,而其实,这一切又多么投合我们喜爱重复的心理。"

"这样说来,您还有什么可抱怨的?"唐克雷德和加斯帕尔嚷道。

"我抱怨的恰恰是谁也不抱怨!接受害处便助长害处——这会变成恶习,先生们,因为久而久之,人们就乐在其中了。我抱怨什么,先生……正是谁也不反抗;正是吃了一锅蹩脚的杂烩,那神气就像美餐一顿,一餐花了三四法郎就容光焕发了;正是人们不起而抗争……"

"嘻!嘻!嘻!"好几个人嚷道,"您这不成了革命者啦?"

"根本不是,先生们,我并不是什么革命者!你们不让我把话讲完——我说人们不起而抗争……是指内心里。我抱怨的不是食物的分配,而是我们这些人,是习俗……"

"总而言之,先生,"大家七嘴八舌,"您指责人们现行的生活方式,但另一方面,您又否定他们能换个样儿生活。您还指责他们这样生活就心满意足了——

话又说回来，他们若是喜欢这样呢——若是……总之，先生，您到底要怎样呢？？？"

我满头大汗，完全不知所措，昏头昏脑地答道：

"我要怎样？先生们，我要……就我而言……就是结束《帕吕德》。"

话音未落，尼科代姆从人堆里冲出来，紧紧握住我的手，嚷道：

"啊！先生，您这样做就太棒啦！"

其他所有人一下子全转过身去。

"怎么，您了解？"我问道。

"不了解，先生，"他又说道，"不过，我的朋友于贝尔总对我大谈特谈。"

"哦！他对您说……"

"对，先生，是钓鱼者的故事，他挖到极好的蚯蚓，就自己吃了，没有给鱼钩上饵，当然……他一条鱼也钓不上来。我觉得这故事非常逗！"

他一点儿也未弄明白。——整个儿还得重新开始。唉！我极度疲惫！说什么这恰恰是我想让他们理解的，真想不到要重新……总是要……重新解释。人家搞糊涂了，我也受不了了。哦！我已经说过……

我在安日尔这里几乎像在自己家里，我走到她跟前，掏出怀表，高叫了一声：

"哎呀，亲爱的朋友，时间也太晚啦！"

于是不约而同，每人都从兜里掏出表，惊叹道："这么晚啦！"

唯独吕西安出于礼貌，还暗示一句："上星期五还要晚些！"——不过，丝毫也没人注意他的提示（我只是对他说了一句："这是因为您的表慢了。"）。人人跑去拿外衣；安日尔同人握手，她还笑容可掬，让人吃最后的奶油球蛋糕。继而，她又俯身看客人下楼。——我已经散了架，坐在软墩垫上等她，见她回来便说道：

"您这晚会，真是一场噩梦！噢！这些文学家！这些文学家，安日尔！！！全都叫人无法忍受！"

"可是，那天您却没有这么说。"安日尔接口道。

"那是因为我没有在您这儿看见他们，安日尔。——而且，客人的数量也实在惊人！——亲爱的朋友，一次不能接待这么多人！"

"唉！"她说道，"也不全是我邀请来的，每人都带来几个。"

"您在他们那些人中间，简直晕头转向了……早知如此,您应当叫洛尔上来一下,你们两个相照应,还能从容些。"

"不过,我看您冲动极了,真以为您要把椅子吞下去。"

"亲爱的安日尔,若不如此,大家就会感到太无聊了……您这屋子也实在太憋闷!下一次,有请柬的才能进来。——我倒要问问您,您这小排风扇算怎么回事儿!首先,再也没有什么比原地转的东西叫我恼火了,这一点,您早就应该知道!——其次,转就转呗,还非得发出难听的响声!当时,大家一停止谈话,就听见它响。他们都在纳闷:'那是什么呀?'——您也非常清楚,我不能告诉他们:'那是安日尔的排风扇!'喏,现在您听见了,吱吱嘎嘎一个劲儿响。噢!受不了,亲爱的朋友,请您把它停了。"

"可是,"安日尔说道,"没法儿让它停啊。"

"噢!它也一样!"我高声叹道,"那咱们就高声说话,亲爱的朋友。怎么!您哭啦?"

"根本没有。"她说道,可是眼圈儿红得厉害。

"随便吧!……"我要压住讨厌的响声,便大肆发起感慨来:"安日尔!安日尔!是时候啦!离开这叫人忍受不了的地方吧！——美丽的朋友，我们会突然听到海滩上的大风吗？——我也知道，人在您身边，只会产生一些微不足道的念头，不过，那大风有时能将这类念头吹起来……再见！我需要走走，比明天还要需要，想一想吧！还有旅行。想一想，亲爱的安日尔，想一想吧！"

"好了，再见，"她说道，"去睡觉吧，再见。"

我同她分手，连跳带颠回到家里，脱了衣裳便上床躺下，倒不是要睡觉，而是看别人喝咖啡心就烦。我感到自己陷入困境，心中想道："为了说服他们，我所能做的都做得很好吗？对马尔丹，我本应找出几条更为有力的论据……还有古斯塔夫！……嗯！华朗坦，他只喜欢疯子！……他说我'理性'……真能这样该多好！我这一整天，除了干蠢事儿还是干蠢事儿。我完全清楚，这不是一码事儿……我的思想哟，为什么到这里停下，把我定住，形成一只惊恐的猫头鹰？——革命者，说到底，也许我就是，只因太憎恶与其相反的东西了。想要摆脱可悲的境地，又感到自己多么可悲！——居然不能让人理解……然而我对他们讲的,却是实实在在的,因为我也深受其苦。——我真的深受其苦吗?——我敢发誓!有时候,一点儿头绪也没有了,我不知道自己想干什么事,要怪什么人……就觉得我是在同自己的幽灵搏斗,觉得自己……上帝啊!我的上帝,这种情况实在难以忍受,别人的思想比物质还要迟钝。每人的思想,你只要触碰,似乎就要受到惩罚,犹如夜间的女鬼附在你肩上,吸你的血,把你弄得越虚弱她就压得越重……现在我开始寻找思想的等同物,以便向别人解释得更清楚。——我停不下来,禁不住反思回顾——这种暗喻很可笑——我指责别人的所有那些病症,在我描绘的过程中,却逐渐缠到我身上。这种痛苦,我非但未能赋予别人,反而全留给自己了。——此刻我觉得,这种病痛感又加剧了我的病痛,而别人呢,归根结底,他们也许没有病。——这样说来,他们不感到痛苦也是对的——我没有理由责备他们。然而,我跟他们一样生活,这样生活又感到痛苦……噢!我这头脑一筹莫展!我要引起别人惕厉不安——为此费了多大心思——可我只导致自己坐卧不宁……咦!一句妙语!记下来。"

我从枕头底下抽出一张纸,又点亮蜡烛,简单写下这样几个词:"迷上自己的不安。"

我又吹熄蜡烛。

"……上帝啊,我的上帝!入睡之前,还有一小点我要讨求一下……人产生一个小小的念头……本来也可以置于脑后……嗯!……什么?……没什么,是我在说话,我说本来也可以置于脑后……嗯!……什么?……哦!我差点儿睡着了……不行,还要想想这个正在胀大的小小念头——我没有很好抓住这种进展——现在,这个念头变得非常庞大……还捉住了我,以我为生,对,我成了它的生存手段——它这么沉重——我必须在世上介绍它、代表它。——它抓住我,就是要我拖它行于世。——它同上帝一样沉重……真倒霉!又来一句妙语!"

我又抽出一张纸,点燃蜡烛,写道:

"它必然胀大而我缩小。"

"这在圣约翰身上就有……唔!趁我还没睡……"
于是,我又抽出第三张纸……

"糊涂了,不知道自己要说什么……唉!管它呢。头这么疼……不行,想法一撂下就会消失——消失……那我就会疼痛,如同安了一个木质假腿……假腿……想法不翼而飞。还能感觉到,想法……想法……人一重复说的话,就是要睡着了。我再重复:假腿——假脚……假……哎呀!我没有吹灭蜡烛……哪儿的话。蜡烛吹灭了吗?……当然了,既然我睡了。况且,于贝尔回来的时候,蜡烛还没有吹灭呢……可是安日尔硬说没有……正是那会儿,我向她提到假腿——因为假腿插进了泥炭地里。我向她指出,她永远也跑不快了;我还说,这一片地松软得很!……沼泽路——不是这码事儿!……咦!安日尔哪儿去了?我开始跑快一点。——真倒霉!陷得这么厉害……我永远也跑不快了……船在哪儿呢?找到地方了吗?……我要跳了……嗨哟!嘿!——好家伙!……"

"安日尔,您若是愿意的话,咱们就乘这条船游一游。我只想指给您看看,亲爱的朋友,这里只有薹草和石松,子草……而我兜里什么也没有带,只有一点儿面包渣儿可以喂鱼……咦?安日尔又跑哪儿去啦?亲爱的朋友,您今天晚上是怎么了,动不动人就没了呢?……真的,亲爱的,您整个人儿化为乌有!

安日尔！安日尔！听见了吗？——唉，听见了吗？安日尔！……难道您就这样没了，只剩下这枝睡莲[1]（我使用这个词的含义，今天很难确定），要我从河面捞上来……怎么，这纯粹是丝绒啊！完全是地毯——这是塑料地毯！……为什么总坐在上面呢？手这样抓着两根椅子腿。总得想法儿从桌椅下爬出来！……还要接待主教大人呢……这里憋闷，更待不得……哦，于贝尔的肖像。他真是春风得意……太热了，咱们打开房门。另一间屋子，更像我意料中的情景——不过，于贝尔的像画得糟糕，我还是喜欢另外那幅，这幅好似个排风扇——我敢保证！活脱一个排风扇。他为什么开玩笑呢？……咱们走吧。来，我亲爱的朋友……咦！安日尔又跑哪儿去啦？——刚才我还紧紧拉着她的手呢。她一定是溜进走廊，去收拾旅行箱了。她本可以把火车时刻表留下……唉，别跑这么快呀，我怎么也跟不上您。——噢！糟糕！又是一扇关闭的门……幸好这一道道门很容易打开，我随手'啪'地关上门，免得让主教大人抓住。我觉得他鼓动安日尔的所有客

---

[1] "睡莲"一词另有"仙女""美女"等意思。

人来追我。——这么多呀！这么多呀！文学家……啪！又是一道关着的门。——啪！——噢！难道我们永远也走不出去吗，出不了这走廊？——啪！没完没了！我都不知道自己到哪儿了……现在我跑得真快！……谢天谢地！这里没有门了。于贝尔的画像没有挂好，要掉下来了。他一副嘲笑的样子……这间屋实在太小，甚至可以用上'狭窄'这个词：人如果全进来，怎么也装不下。他们就要到了……我喘不上气儿啦！——啊！要从窗户进。——我也要随手关上窗户——我得狠下心，连临街阳台的窗板都关上。——咦！这是条走廊！哎呀！他们来了！我的上帝呀，我的上帝！我简直疯了……我感到窒息！"

我醒来，满身大汗——被子掖得太严，就像绳索一般紧紧捆住我，绑得很紧，仿佛死沉的重物压在胸口。我猛一用劲儿，将被子掀起来，接着一下子全蹬掉了。房间的空气围住我：均匀呼吸……凉爽……凌晨……玻璃窗发白了……这一切应当记录下来；鱼缸，同房间其他什物混淆……这时我浑身发抖——我心想，恐怕要着凉——肯定要着凉。——于是，我哆哆嗦嗦下床，拾起被子，拉上床，又乖乖地掖好它睡觉。

于贝尔

打野鸭

星期五

我一起床,就翻看记事本:"要六点起床。"现在八点钟了。我拿起笔,将这句话画掉,再写上:"十一点起床。"下面内容看也不看,我就重又躺下了。

折腾了一夜,我感到身体有点儿不舒服,便换换样儿,不喝牛奶,而是喝点儿药茶,甚至还让仆人端来,我就躺在床上饮用。记事本气得我要命,我在一张活页上写道:"今天傍晚,买一大瓶埃维昂矿泉水。"然后,我就用图钉把这张纸摁在墙上。

为了品尝这种矿泉水,我要留在家里,绝不去安日尔那里用晚餐,况且,于贝尔准去,我去了也许会妨碍他们。不过,到了晚上就马上去,看看我是否真妨碍他们。

我拿起笔写道：

"亲爱的朋友，我偏头疼，不能去吃饭了，况且于贝尔会去的，我不愿意妨碍你们。不过，到了晚上我马上就到。我做了个相当离奇的噩梦，给你讲一讲。"

我将信封上，又拿了一张纸，从容写道：

蒂提尔去水塘边采有用的植物，找见琉璃苣、有疗效的蜀葵和苦味矢车菊，带回一捆药草。既然是草药，就得找要治病的人。——水塘四周，一个人也没有。他心想：真可惜。——于是，他走向有热症和工人的盐田。他朝他们走去，向他们解释，劝告，证明他们有病。——可是，一个人说自己没病；另一个人接了蒂提尔一枝开花的药草，要栽到盆里看它生长；最后，有一个人知道自己染上了热症，但是他认为这病对他身体有益。

到末了，谁也不想医治，而这些花又枯萎了，蒂提尔干脆自己得上热病，至少也能给自己治疗……

十点钟有人拉门铃,是阿尔西德来了。他说道:"还躺着呢!病了吗?"

我答道:"没有,早安,我的朋友。——不过,我只能十一点钟起床。——这是我做的一个决定。——你来有事儿?"

"给你送行,听说你即将动身去旅行……要去很久吗?"

"不会很久很久……你也了解,我的财力有限……然而,关键是动身。——嗯?我说这话不是要赶你走——不过,走之前,我还有很多东西要写……总之,你还来一趟,承情了——再见。"

他走后,我又拿起一张纸,写道:

蒂提尔经常躺着。[1]

然后,我又一直睡到中午。

这情况挺有意思,值得一书:一个重大决定,决心大大地改变生活,就使得日常的义务和事务显得多

---

1 原文为拉丁文。

么微不足道，还给人以勇气打发这一切见鬼去。

我对阿尔西德的来访很烦，如果没有这种决定，我就绝不敢如此果断，不客气打发他走了。——还有，我不由自主，偶尔瞧一眼记事本，只见上面写道：

"十点钟：去向马格卢瓦解释，为什么我觉得他那么蠢笨。"

我同样有勇气庆幸自己没有照办。

"记事本也有用处，"我想道，"因为，我若是不记下今天上午该做什么，就可能把这事儿忘了，也就尝不到没有照办的这份乐趣了。这对我就是有魅力，这情况我非常俏皮地称为'否定的意外'，而且相当喜爱，因为平日无须多大投入就行之有效。"

晚上吃过饭，我就去安日尔家。她正坐在钢琴前伴奏，配合于贝尔唱《罗恩格林》[1]的著名二重唱，我很高兴将他们打断。

"安日尔，亲爱的朋友，"我一进门便说道，"我没有带旅行箱，而且我还接受您的盛情邀请，留在这里过夜，对不对，和您一起等待清晨启程的时刻。——

---

[1] 瓦格纳写的歌剧（1850），取材于日耳曼民族传说中的罗恩格林的故事。

好久以来，有些物品我不得不放在这儿，您一定收到我的房间里了，有粗皮鞋、毛衣、皮带、雨衣……需要的东西全有，我就用不着回家取了。只有这个晚上，要动动脑筋，考虑明天出行的事儿，与准备旅行无关的事儿一概不干。必须想得全面，周密安排，让这趟旅行各个方面都令人向往。于贝尔也要吊吊我们胃口，讲讲从前旅途上的奇遇。"

"恐怕没时间了，"于贝尔说道，"不早了，我还得去我那保险公司，赶在办公室关门之前取点儿文件。再说，我不擅长叙述，讲来讲去还是回忆我打猎的事。这要追溯我去朱迪亚的那次长途旅行，说起来很可怕，安日尔，真不知道……"

"唉！讲讲吧，我求您了。"

"既然您要听，经过是这样的：

"我同博尔伯一道去旅行——那是我一个童年好友，你们俩都不认识——别回想了，安日尔，他死了——我讲的就是他死的情况。

"他跟我一样酷爱打猎，是猎丛林老虎的猎手。他虚荣心还很强，用他打的一只老虎的皮，定做了一件式样土气的皮袄，甚至热天里还穿在身上，总是大敞着怀。——最后那天晚上他也穿着……而且理由更充足,因为天黑下来,几乎看不见了,天气也更加寒冷。你们也知道那地方的气候,夜晚很冷,而正是要趁黑夜打豹子。猎手坐在秋千上猎豹——这方式甚至挺有趣。要知道,在埃多姆[1]山区有岩石通道,野兽定时经过。豹子的习性最有规律了——正因为如此,才有可能猎获。——从上往下打死豹子,这也符合解剖学原理。因此利用秋千,不过,只有在一枪未打中豹子的时候,这方式才真正显示它的全部优越性。因为,枪的后坐力相当大,能带动秋千摇摆起来。打猎选的秋千非常轻,立刻就会来回摇摆,而豹子暴跳如雷,但是够不到——人若是待在秋千上一动不动,它就肯定会扑到。——我说什么,肯定会?……它扑到啦!它扑到啦,安日尔!

"这些秋千吊在小山谷两端,我们每人一副。夜深了,我们在等待。——午夜到凌晨一点之间,豹子要从我们下面经过。我那时还年轻,有点儿胆怯,同时又敢干——我指的是操之过急。博尔伯年龄大,也更

---

[1] 地名,位于巴勒斯坦和约旦边境。

稳重，他熟悉这种打猎，出于真诚的友谊，还把能先见到猎物的好位置让给我了。"

"你作的诗，一点儿也不像诗，"我对他说道，"你说话还是尽量用散文吧。"

他没明白我这话的意思，又接着说道：

"到了半夜，我给枪压上子弹。十二点一刻，一轮明月照到山岩上。"

"那景色一定很美！"安日尔说道。

"时过不久，就听见不太远的地方传来窸窸窣窣的声音，正是猛兽行进发出的特殊声响。十二点半，我瞧见一个长长的形体匍匐着前进——正是它！我还等着它到我的正下方——我开枪了……亲爱的安日尔，让我怎么对您说呢？我在秋千上就觉得一下子被朝后抛去……仿佛飞起来，我立即感到失去控制——一时昏了头，但是还没有完全……博尔伯还不开枪！——他等什么呢？正是这一点我弄不明白——不过我明白两个人狩猎很不慎重，因为，亲爱的安日尔，假如一个人要开枪，哪怕在另一个之后一瞬间，愤怒的豹子看到那不动的点，也来得及扑上去……而且，豹子攻击的恰恰是那个没有开枪的人。——现在我再想这事儿，就认为博尔伯想开枪，可是子弹打不出去。再好的枪，也有哑子儿的时候。——我的秋千停止后摆，又往前荡时，我就看清博尔伯在豹子爪下了，两个在秋千上搏斗。——的确，这种猛兽最敏捷了。

"我不得不，亲爱的安日尔——想一想啊！我不得不目睹这一惨剧——我还一直来回荡悠——现在他也荡悠起来了，但是在豹子爪下——我毫无办法！……开枪吗？……不可能，怎么瞄准呢？我特别想离开，因为秋千荡得我恶心得要命……"

"那情景该有多激动人心啊！"安日尔说道。

"现在，再见了，亲爱的朋友们——就此告辞。我还有急事儿。一路平安，祝你们玩得痛快，别回来太晚。——星期天我还来看你们。"

于贝尔走了。

我们沉默了许久。我若是开口，就准得说："于贝尔讲得很糟。我还不知道他去朱迪亚旅行过。这个故事难道是真的吗？他讲述的过程中，您那种欣赏的神态也太失分寸了。"

然而，我一声不吭，只是注视着壁炉、油灯的火苗儿。安日尔在我身边，我们俩守着炉火……桌子……房间的美妙的朦胧氛围……我们必须离开的一切……有人端茶来。十一点过了,我们二人仿佛都在打瞌睡。

午夜钟声过后,我开口说话了:

"我也一样,我打过猎……"

安日尔似乎惊醒了,她问道:

"您!打猎!打什么?"

"打野鸭子,安日尔。甚至还是同于贝尔一道,那是在从前……唉,亲爱的安日尔,有何不可呢?——我讨厌的是枪,而不是打猎。我特别憎恶枪声。可以明确告诉您,您对我本人的判断有误。从性情来讲,我很活跃,只是器械妨碍我……不过,于贝尔总关注最新的发明,他通过阿梅德搞到一支气枪,给我冬天使用。"

"哦,从头至尾给我讲讲吧!"安日尔说道。

"倒也不是,"我继续说道,"您想得出来,倒也不是特制的枪,那只能在大型展览会上见到——而且,那类器械贵得要命,我只是租了一支气枪——再说,我也不喜欢家里留枪——一个小气囊连着扳机——借助夹在腋下的一根胶皮管,手上则托着一个有点儿老化的橡胶球——因为那是一支老枪——稍一挤压橡胶球，铜弹就射出去了……您不懂技术，没法给您解释得更清楚。"

"您早就应该拿给我看看。"安日尔说道。

"亲爱的朋友，只有特别灵活的手，才能碰这类器械，而且，我也对您说过，我绝不留枪。况且，只猎了一夜，猎获得太多了，足以彻底报销了橡胶球——我这就讲给您听——那是十二月一个雾蒙蒙的夜晚。——于贝尔对我说：'走吧？'

"我回答说：'我准备好了。'

"他摘下卡宾枪，又拿上诱鸟笛和长靴，我也带上枪，我们还带着镀镍的冰刀。然后，我们凭着猎人的特殊嗅觉，在黑暗中前进。于贝尔熟悉通往窝棚的路，那个隐蔽所位于多猎物的水塘附近，早已生了泥炭火，从傍晚起就用灰压住。不过，我们刚走出密布杉树的黟黯的园子，就觉得夜色还相当清亮。一轮八九分圆的月亮，朦朦胧胧地透过漫天的薄雾。它不像常见的那样时隐时现，忽而隐匿于云中，忽而洒下清辉。这不是个骚动之夜，但也不是个平静之夜。——这个夜晚显得湿重，寂静无声，还有待利用，处于'不由自主'的状态——我这样讲也许您会明白。天空毫无异象,即使翻转过来也不会有惊奇的发现。——平静的朋友,我一再这样强调,就是要让您明白,这个夜晚是多么平常。

"有经验的猎人知道,野鸭最喜欢这种月夜,会大批飞至。——我们走近了水渠,看见枯败的芦苇之间水面平滑反光,已经结了冰。我们穿上冰鞋,一言不发往前滑行,但是越接近水塘,冰面越窄越污浊,掺杂着苔藓、泥土和雪,已经半融化了,也就很难滑行了。水渠即将汇入水塘,冰鞋也终于妨碍我们行进了。我们又徒步行走。于贝尔进窝棚里取暖,但浓烟呛人,我在里面待不住……我要对您讲述的,安日尔,是一件可怕的事儿!——因为,请听我讲:于贝尔一暖了身子,就进入泥塘。我知道他穿着长靴和防水服——但是,我的朋友,他不是进入没膝的水中——也不是没腰,而是整个儿钻进水里!您不要抖得太厉害,他是特意那么干的!为了不让野鸭发现,他要完全隐藏起来。您会说,这有点儿卑劣……对不对?我也这么认为,不过,正因为这样,才飞来大批猎物。一切安排妥当,我就坐在下了锚的小船里,等待野鸭飞近。——

于贝尔藏好之后,就开始呼唤野鸭,为此他使用两只诱鸟笛,一只呼叫,另一只应答。在远处的飞鸟听见了,听见这种应答——野鸭蠢极了,还以为是自己人,应声而答。——既然应声了,亲爱的安日尔,很快就飞来。——于贝尔模仿得十分完美。野鸭群黑压压一片,像三角形乌云遮暗我们头上的天空,随着逐渐降落,鼓翼声也越来越响。我要等它们飞得很近时才开枪。

不大工夫就飞来无数只,老实说我都不用怎么瞄准,每发射一次,只是稍微用力挤压气囊而已——扣动扳机很容易,也没有多大声响,仅仅像万花筒焰火在空中爆开那样,或者更像马拉美先生一句诗中的 Palmes[1] 之音。往往还听不见枪声,我不把枪靠近耳朵时,又望见一只鸟儿坠落,才知道子弹射出去了。野鸭听不见响动,就停留很长时间。它们在有薄冰层的褐色水塘上空盘旋,跌落下来,翅膀收不拢,挣扎中刮断叶子。芦苇掩藏不住,它们在死之前,还要逃往一处隐蔽的荆丛。羽毛则迟迟未落,在水塘上空飘动,

---

[1] 法文,意为"棕榈叶状勋章"。

轻轻地，宛若雾气……我呢，心中不免思忖：这到什么时候才算完啊？——天蒙蒙亮时，残存的野鸭终于飞走了。忽然一阵鼓翅的喧响，最后垂死的野鸭才明白过来——这时，于贝尔满身叶子和泥水，也终于回来了。平底小船起了锚，拂晓前天光惨淡，我们用篙撑船，在折断的苇茎之中穿行，拾取我们猎获的野味。我打了四十多只——每一只都有一股沼泽味儿……喂，怎么！您睡着了，亲爱的安日尔？"

灯油耗干，灯光暗下来；炉火奄奄一息，而玻璃窗则由曙光洗净。天空储存的最后一点希望，似乎抖瑟着降临……啊！但愿上天的一点点清露终于来润泽我们，但愿曙光终于出现，哪怕是透过雨季的玻璃窗，照进我们一直在打瞌睡的封闭的房间，但愿曙光穿过重重黑暗，给我们送来一点点天然的白色……

安日尔还半打着瞌睡，听不见说话了，才慢悠悠醒来，讷讷说道："您应当将这写进……"

"……唉！打住，留点儿情，亲爱的朋友……不要对我说，我应当把这写进《帕吕德》。——首先，已经写进去了——其次，您也没有听。——不过，我并不怪您——不，恳求您，不要以为我怪您。因此，今天我要高高兴兴的。曙光出现了,安日尔!瞧哇!瞧瞧市区灰色的房顶,瞧瞧照到城郊的这种白色……难道……噢!多么灰暗啊,白耗了一夜,苦涩的灰烬。噢!思想——难道是你的单纯,曙光,不期然透进来,要解救我们?——玻璃窗上晨光如雨……不对……晨光中玻璃窗泛白……安日尔,晨光也许会洗涤……也许会洗涤……

我们将出行!我感到鸟儿醉啦!

"安日尔!这是马拉美先生的一句诗!——我引用得不大好——诗中是单数——可是您也出行——哈!亲爱的朋友,我要带您走!——旅行箱!——快点儿。——我要把背包装得满满的!——不过,东西也不要带得太多,正如巴雷斯先生所说:'箱子里放不进去的一切全是无法忍受的!'——巴雷斯,亲爱的,您了解,他是议员!——噢!这里太憋闷了,我们打开窗户,您说好吗?"我特别激动。"快去厨房,一上路,真难说到哪儿能吃上饭。我们昨天晚餐剩下的四个面包、煮鸡蛋、香肠和小牛腰肉,统统带上。"

安日尔走了,我独自待了片刻。

然而,这一刻,让我怎么说呢?——为什么不能一视同仁对待下一刻呢:我们知道什么事情重要吗?在选择中多么傲气十足!——以同样关注的态度看待一切,在情绪亢奋地出发之前,让我再冷静地思考一下。瞧啊!瞧啊!——我看见什么啦?

——三个蔬菜商贩经过。

——一辆公共汽车始发了。

——一名看门人在打扫门前。

——店主在更换橱窗里的样品。

——厨娘去菜市场。

——学生上学。

——报亭接收报纸,脚步匆匆的先生们买报。

——一家咖啡馆在摆放餐桌……

上帝啊!我的上帝,安日尔别在这会儿进来,我又潸然泪下……我想,这是冲动的缘故,每次列举一下,我就会这样。——再说,现在我瑟瑟发抖!——噢!看在爱我的分上,关上这扇窗户吧。早晨的空气冻得我发抖。——生活——别人的生活!这样,就是生活?——瞧瞧生活!然而,活在世上就是这样！！……还有什么可说的呢？喟然长叹。——现在，我打喷嚏了。对，我的神思一停留，一开始凝注，我就要着凉。——唔，我听见安日尔来了——赶紧吧。

安 日 尔

出游

星期六

只记下旅途富有诗意的时刻——因为这种时刻更吻合我事前渴望的特点。

在拉我们去火车站的车上,我朗诵道:

> 瀑布周围山羊羔,
> 小山谷上架天桥,
> 落叶松树排成行……
> 松木杉木树脂香,
> 我们上坡脂香升,
> 一切全凭我想象。

"嘿!"安日尔说道,"诗真美!"

"您这样认为,亲爱的朋友,"我对她说,"其实不然,其实不然,我可以明确告诉您,也不是说诗不好,诗不好……反正我觉得无所谓,即兴作的。——不过,也许您说得对:这几行诗可能真的很好。作者本人从来说不准……"

我们到达火车站也太早了,待在候车室里。噢!这一候车,时间可真长。我坐在安日尔身边,觉得应当对她讲点儿亲热的话:

"朋友……我的朋友"我开口道,"您的笑容很温柔,但我看不透其中的奥妙,也许来自您的敏感吧?"

"我也不知道。"安日尔回答。

"温柔的安日尔!我对您的评价,从来没有像今天这样好。"

我还对她说:"可爱的朋友,您的联想特别敏锐!"还讲些别的话,我想不起来了。

路两侧长满马兜铃属植物。

将近下午三点——莫名其妙忽然下起一阵雨。

"顶多掉几个点儿。"安日尔说道。

"亲爱的朋友,"我又问她,"这种让人摸不准的天儿,为什么只带一把阳伞?"

"这是把晴雨两用伞。"她答道。

不料雨下大了,而我又惧怕潮湿,我们刚离开压榨机棚又跑回去避雨。

只见褐色毛虫一只接着一只,排成长长的行列,缓缓从松树上端爬下来——而大步行虫蜷缩着,早就等在松树脚下了。

"我没有看见步行虫呀!"安日尔说道(因为我指给她看,说了这句话)。

"我也没看见,亲爱的安日尔——同样也没见到毛虫——再说,季节也不对;然而这句话,能出色地反映我们旅行的印象,难道不是吗?……"

"这次短途旅行,我们倒也能长长见识,不过,泡汤了也还算幸运。"

"哦,您为什么这样讲?"安日尔接口问道。

"唉,亲爱的朋友,要知道,一次旅行所能提供给我们的乐趣,完全是次要的。旅行是为了学习……咦,怎么!——您流泪了,亲爱的朋友?……"

"根本没有!"她回答。

"好啦!没关系。——至少您眼圈儿红了。"

星 期 天

记事本上写道:

十点钟:礼拜。
去拜访理查德。
将近五点钟,和于贝尔一道去看望贫苦的
罗斯朗日一家,以及善于掘地的小格拉比。
向安日尔指出我开的玩笑多么严肃。
结束《帕吕德》。——重要。

现在九点钟了。这一天的安排,我感到就像临终料理后事一样庄严。我用手轻轻托住头,写道:

"整个一生,我都会趋向一种更亮一点儿的光明。我见到周围,唉!一堆堆人挤在狭窄的屋里活受罪,一点儿阳光也照不进去。将近中午时分,减色的大牌子才带来点儿反光。而这种时刻在小街上,没有一丝风,溽暑熏蒸,毒太阳无处发散,烈焰集中射到墙壁之间,热得人发昏。见过这种炎炎烈日的人,就想到广阔的天地,想到照在水波上和平原庄稼上的阳光……"

安日尔走进来。

我惊叹道:"是您!亲爱的安日尔!"

她对我说道:"您在工作?今天早晨,您一副伤感的样子。我感觉到了。我就来了。"

"亲爱的安日尔!……可是——请坐。——为什么今天早晨我更伤感呢?"

"噢!您是伤感,对不对?——您昨天对我讲的不是真话……这次旅行不像我们希望的那样,您不可能还感到高兴。"

"温柔的安日尔!……您这话真叫我感动……不错,我是伤感,亲爱的朋友——今天早晨,我内心苦不堪言。"

"我就是来安慰这颗心的。"她说道。

"我亲爱的,不料我们又回到原来的状态!现在,一切就更可悲了。——不瞒您说,对这次旅行,我期望很大,以为能给我的才华指出一个新方向。不错,旅行是您向我提议的,但是我想了多少年了。——现在我看到又恢复的旧观,就更加明显地感受到我希望离开的一切。"

"也许,我们走得还不够远,"安日尔说道,"不过,要去看大海怎么也得两天,而我们却要星期天回来做礼拜。"

"两件事碰到一起,安日尔,我们考虑得还不周全。——再说了,究竟走到哪里才行呢?不料我们又回到原来的状态,亲爱的安日尔!——现在回头再想想,我们的旅行多凄楚!——'马兜铃属植物'一词,多少表达了这种意思。——在潮湿的压榨机棚吃的那顿便餐,饭后我们默默无语,一个劲儿打哆嗦的情景,过很久您也还会记得。——留下吧……整个上午就留在这里吧,噢!求求您了。我感到自己一会儿又要痛哭流涕。我似乎总随身带着《帕吕德》。《帕吕德》烦扰谁,也不像烦扰我本人这样……"

"您干脆丢下吧。"她对我说道。

"安日尔!安日尔,您还不明白!我把它丢在这儿,又在那儿找见,到处都能碰到;看见别人,也能引起我这种烦恼,这次出游也不可能使我解脱。——我们耗损不掉我们的忧郁,我们每日重做昨天的事,也耗损不掉我们的病症,除了我们自身别无耗损,我们每天都丧失一点儿力量。过去延续得多久啊!——我怕死,亲爱的安日尔。除了我们一做再做的事,难道我们永远也不能将任何东西置于时间之外吗?——终于有了不再需要我们就能延续下去的作品。——然而,我们所做的一切,一旦我们不再经营了,什么也不会持续。反之,我们的所有行为却统统继续存在,成为负担。使我们不堪重负的,就是重复这些行为的必要性;这其中有什么奥妙,我就不得要领了。——请原谅——稍等一下……"

我拿起一张纸,写道:"我们还得维持我们这些不再由衷的行为。"

我又说道:"可是,亲爱的安日尔,明白吗?正是这事儿搅了我们的旅行!……什么也放不下,心里总嘀咕:'事儿还撂在那儿呢。'结果就回来瞧瞧,是否一切正常。唉!我们生活多贫乏,难道我们就不会让人做任何别的事!任何别的事!而只能照样拖着这些漂流物……什么也放不下,就连咱们的关系,亲爱的安日尔,也是相当短暂的!要明白,正因为如此,咱们的关系才得以持续这么久。"

"噢!您这么讲可不公道。"她说道,"唉,亲爱的朋友,不对,不是这码事儿——不过,我一定要让您看到给人的枯燥乏味的印象。"

于是,安日尔垂下额头,得体地微微一笑说道:

"今天晚上,我就留下,您说好吗?"

我嚷道:"噢!瞧您,亲爱的朋友!——现在简直不能同您谈这些事了,一提起您就立刻……况且要承认,您并没有多大愿望。——再说,您这人很敏感,我可以向您肯定,有句话您还记得吧,我正是想到您才写的:'她害怕欲望,把这看作十分强烈、可能会要她命的一件事。'当时您硬要对我说,这话太夸张了……不——亲爱的朋友——不,我们在一起可能会感到别扭,我甚至就此写了几行诗:

……

亲爱的,我们

不是那些繁衍

人类子孙的人。

"（余下的部分很感人，不过太长了，现在不宜引用。）——再说，我本人身体也不怎么健壮，这正是我试图用诗表达的意思，而这几行诗（有点儿夸张），今后您会记得的：

  然而你，身体最单弱者，
  你能干什么？想干什么？
  你这强烈的欲望，
  究竟会给你力量，
  还是让你守在家里，
  生活得这样安逸？

"您一看就明白，我很想走出去……不错，接下来的诗句，情调更加忧伤，甚至可以说相当气馁：

  你如出去，啊！当心什么？
  你如留下，要受更大折磨。
  死亡追命，死亡就在跟前，
  二话不说，将带你下黄泉。

"……接下去与您有关,还没有写完。——您若是一定要听……最好把巴尔纳贝请来!"

"噢!今天早晨,您真刻薄,"安日尔说道。她随即又补充一句:"他身上的味儿熏人。"

"说的就是,亲爱的安日尔,强壮的男人身上全有味儿。这正是我那年轻朋友唐克雷德要在这诗中表达的:

得胜的将领气味特别冲!

"(我知道,令您惊讶的,是诗中的顿挫。)——唔,您的脸红得这么厉害!……我不过是要让您看清楚。——啊!敏感的朋友,我本来还要让您注意,我开的玩笑多么严肃……安日尔!我简直疲惫不堪!——我忍不了多久就要哭泣了……喏,先让我口授几句话,您写下来,您写字比我快——而且,我边走边说更好一点儿。这有铅笔和纸。啊!温柔的朋友!您来得正好!——写吧,写快点儿,况且,说的也是我们这次可怜的旅行:

"……有些人说出去,立刻就能出去。大自然敲他们的门——门外是辽阔的平原,他们一走到旷野,就把居所置于脑后,忘得一干二净。晚上要睡觉了,他们才又回到居所,很容易就找见了。他们若是有兴致,还可以露宿,将自己的住宅丢下一天一夜——甚至忘却好长一段时间。——您若是觉得这很自然,那就是没有很好领会我的意思。对这种事,您更要感到诧异……我可以明确告诉您,就说我们吧,我们羡慕那些十分自由的居民,也是因为我们每次费力建造的安居的房子,总是同我们形影不离,一建起来就罩在我们头上,固然能遮雨,但是也挡住了太阳。我们在它的阴影下睡觉,也在它的阴影下工作、跳舞、相爱和思考。有时曙光非常灿烂,我们还以为能逃往清晨。我们也曾极力忘却,也曾像窃贼一样,溜到茅屋下,我们不是为了进去,而是为了出去——偷偷摸摸地——跑向旷野。可是,房子在身后追赶,跳跃着跑来,犹如传说中的那口大钟,追赶企图逃避礼拜的人。我们头顶始终感到房舍的重量。我们要建造的时候,就已经扛起了所有材料,估计了总体的重量。房子压低了我们的额头,压弯了我们的肩背——如同海岛老人的全部分量压在辛巴德身上那样。[1]——开头还不大在乎,过一阵就很可怕了,仅仅凭着重量紧紧伴随我们,怎么也摆脱不掉。激发起来的所有意念,必须一直带到终点……"

"噢!"安日尔说道,"可怜的……可怜的朋友……您为什么要动手写《帕吕德》呢?多少题目可以写……甚至更富有诗意。"

"说的就是,安日尔!写呀!写呀!——(天啊!今天我到底能不能坦率?)

"您所说的多少富有诗意究竟指什么,我根本就弄不明白。——一个关在斗室里的人胸中的所有惶恐,一个身上感到幽深大海全部压力的打捞珍珠的渔民,以及一个要爬上来见见天日的矿工的所有惶恐,普劳图斯[2]或者推磨的参孙、推巨石上山的西西弗斯所经受的压迫,一国受奴役的人民所感受的窒息——且不说其他痛苦,就是这一些,我都统统略过了。"

"您说得太快了,"安日尔说道,"我跟不上了……"

---

1 见《一千零一夜》中水手辛巴德的第五个故事。
2 普劳图斯(Titus Maccius Plautus,约公元前254—前184):古罗马喜剧作家。

"那就算了！别写了。您就听着吧，安日尔！听着吧——因为，我悲痛欲绝了。多少回啊，这动作我做过多少回，就像在噩梦中，我想象床铺的天盖脱落下来，压在我胸上——而我惊醒时几乎站立着——我伸出双臂，要推开无形的壁板——这种要推开人的动作，是因为我感觉他靠得太近而受不了口臭——伸出双臂要撑住墙壁，因为墙壁逐渐逼近，或者又沉重又不牢固，在我们头上摇摇欲坠。这种动作，也是要甩掉特别沉重地压在我们肩头的大衣。多少回啊，我感到憋闷，要呼吸点儿新鲜空气，做出打开窗户的动作——但是又无望地住了手，因为窗户一旦敞开……"

"您就得着凉吧？"安日尔接口道。

"……因为窗户一旦敞开，我就看到窗外是院子——或者对着别家肮脏的拱形窗户——看到没有阳光、空气污浊的破院子——我一看到这种景象，就悲从中来，全力呼号：天主啊！天主啊！我们就这样被幽禁！而我的声音又完全从拱顶返回来。——安日尔！安日尔！现在我们怎么办呢？我们仍然力图掀开这一层层绑得紧紧的裹尸布，还是尽量习惯只保持微弱的呼吸，就在这坟墓中延续我们的生命呢？"

"我们从来也没有多生活一些,"安日尔说道,"老老实实告诉我,人能够多生活一些吗?您从哪儿得来这种感觉,有一种更丰富的生活呢?谁告诉您这是可能的?——是于贝尔吗?他那么折腾,就多生活了吗?"

"安日尔!安日尔!瞧瞧,现在我又禁不住哭泣啦!您总该理解一点儿我这惶恐不安的心情吧?也许,我终于给你的笑容增添几分苦涩吧?——哎!怎么!您现在哭了。——这很好!我真高兴!我要行动啦!——我要完成《帕吕德》!"

安日尔哭着,哭着,长长的秀发披散下来。

恰巧这工夫,于贝尔进来了。他见我们披头散发,就要退出去,说了一句:"对不起!——我打扰你们了。"

见他这样知趣,我很感动,不禁嚷道:

"进来吧!进来,亲爱的于贝尔!压根儿就谈不上打扰我们!"——随即我又伤心地补充一句:"对不对,安日尔?"

安日尔答道:"没有打扰,我们在闲聊。"

"我只是路过,"于贝尔说道,"想打声招呼。——

过两天我要动身去比斯克拉。——我说服罗朗陪我一道前往。"

我顿时气愤起来:

"自负的于贝尔——是我呀,是我让他下这个决心的。当时我们俩从阿贝尔家出来——我对他说他应当去那儿旅行。"

于贝尔哈哈大笑,说道:

"你?唉,我可怜的朋友,想一想吧,你到达蒙莫朗西[1]就已经足够了!你怎么还敢说这种话呢?……再说了,有可能是你头一个提出来的,可是,请问,往人的脑袋里灌些念头,又顶什么用呢?你以为人有了念头,就会行动吗?让我实话对你说吧,你特别缺乏冲劲儿……你自己有的才能给别人。总之——你愿意同我们一起去吗?……不行吧?你看!怎么样?……那好,亲爱的安日尔,再见——我还要去看看您。"

他走了。

"您瞧见了,温柔的安日尔,"我说道,"我留在您

---

[1] 位于巴黎北面,距巴黎城约20公里。

身边……不过,别以为这是因为爱……"

"当然不是!我知道……"她答道。

"……可是,安日尔,哎呀!"我怀着一点希望嚷道,"快到十一点啦!礼拜的时间已经过啦……"

她叹了口气,说道:

"那我们就去参加四点钟的礼拜吧。"

一切又恢复原状。

安日尔有事儿走了。

我偶尔看一眼记事本,只见上面记了探望穷人一条,就赶紧冲向邮局打电报:

"喂!于贝尔!——穷人!"

我回来边等回电,边重读《小封斋讲道录》。

两点钟,我收到电报,只见上面写着:

"糟糕,详见信。"

这样一来,忧伤的情绪越发完全侵占我的心。

"因为,"我哀叹道,"于贝尔要走了,万一他六点钟来看我呢?——《帕吕德》一完稿,天晓得我还能干点儿什么。——我知道无论写诗还是戏剧……我都不大可能成功,而我的美学原则又反对构思小说。——

我已经想到重新拾起我那老题目《波尔德》[1],正好可以接续《帕吕德》,又不会同我唱对台戏……"

三点钟,于贝尔给我寄来一封快信,信上写道:"我那五户穷苦人家交给你照看;随后寄去名单和注意事项——其他各种事务,我托给理查德和他的妹夫,因为你一窍不通。再见——我到那里会给你写信。"

于是,我又翻开记事本,在星期一那页上写道:"争取六点起床。"

……下午三点半,我去接安日尔——我们一道去奥拉托利修会做礼拜。

到了五点钟,我去探望我那穷苦人家。——继而,天气凉下来,我回到家,将窗户关上,开始写作……

六点钟,我的挚友加斯帕尔进来。

他从击剑房来,

一进屋就说道:

"咦!你在工作?"

"我在写《波尔德》……"我答道。

---

[1] 在法文中,"波尔德"意为"围垦地""沿海圩地",与"帕吕德"表示的"沼泽地"相对应。

尾声

噢!今日晨光多难,
多难一洗这片平原。

我们吹笛给您听
您却不听这笛声。

我们唱歌来伴舞
您该舞时不动步。

该当我们想跳舞
无人吹笛难移步。

既然处处不吉祥

我就更爱大月亮。

月夜犬吠声声哀
善歌蟾蜍唱起来。

明月无言洒清光
水清见底照池塘。

月亮融融赤裸体
清辉流泻无绝期。

我们赶羊无牧杖,
赶着羊群回小房。

羊儿却要去赴宴
我们预言也枉然。

别人带着白绵羊
未去水槽去屠场。

我们就在沙滩上
搭建易倒大教堂。

另一种解决办法

——或者,再次前往,充满神秘的森林哟——一直走到我熟悉的地方,那里棕褐色的死水还在浸泡,泡软了陈年的叶子,几度明媚春天的叶子。

正是在那里,我的百无一用的决心,才能得到最好的休息,而我的思想也逐渐萎缩变小,最终变得微不足道。

忒修斯

一

　　我一生的经历，本来是希望讲给我儿子希波吕托斯听的，以便让他长些见识，不料他去世了，但我还是要照样讲述。如果他在世，我就不敢像现在这样，叙述那几次艳遇——他特别害羞，在他面前我不敢谈论我的恋情。再说，那些恋情的重要性，仅仅表现在我的前半生，不过它至少教会了我认识自己，同我降伏的各种怪物没什么两样。因为，"首先要弄明白自己是什么人，"我对希波吕托斯说道，"然后才好从思想上接受并实际掌握遗产。不管你愿意不愿意，你同我当初一样，是个王子。这是事实，根本无法改变，也就必须承担义务。"然而，希波吕托斯不大在乎，比我在他这年龄时还不在乎。他也像我当年那样，优哉游哉，用不着了解那么多。我在天真烂漫中度过的少年时光啊！无忧无虑地成长！我就是风，就是波涛。我就是草木，就是飞鸟。我并不停留在自身，同外界的任何接触，也绝没有向我启示外界在身上唤醒的情欲有多大局限。我在抚摩女人之前，就已抚摩了果实、小树的嫩皮、海边的光滑石子、狗和马的皮毛。见到潘神、宙斯或忒提斯向我展示的一切美妙的东西，我都会勃起。

有一天，父亲对我说，不能像这样持续下去了。——为什么呢？——还用问，就因为我是他儿子，我必须配得上他要传给我的王位……可是当时，我坐到清凉的草地上，或者灼热的沙砾上，就觉得非常舒服。然而，我不能说我父亲讲得不对。他拿我本人的理由说服我，做得当然很好。我正是受此教益，后来才实现了我的全部价值。不管悠闲自在的状态多么惬意，我还是停止了那种放任的生活。他教我懂得，任何伟大的、有价值的、流芳于世的业绩，不付出努力是得不到的。

我在他的劝导下，第一次做出了努力，就是翻动岩石寻找武器，他对我说波塞冬将武器藏在了一块岩石下。他见我通过这种锻炼，力量增长得相当快，就总是哈哈大笑。这种肌体的锻炼,也倍加锻炼了我的意志。寻找毫无结果,附近一带的重石全移了位,我又要开始向宫殿门口的石板进击,他却制止了我,对我说道:

"武器不如掌握武器的手臂重要,手臂又不如指挥手臂的聪慧和意志重要。喏,武器就在这儿,我等到你能得心应手时才交给你。我感到从今往后,你有雄心壮志使用这些武器,也有赢得荣誉的渴望,只用来从事高尚的事业,为人类谋幸福。你的童年时期过去了。做个男子汉吧。要善于向男子汉们表明,他们当中的一个将有什么本领,打算有什么作为。世上有重大的事情可做。你要去争取。"

二

　　我父亲埃勾斯人很好,特别有教养。老实说,我仅仅是他名义上的儿子。有人对我说过这事儿,而我是伟大的波塞冬生育的。果真如此,我用情不专的性格,就是这位神传给我的。在女人方面,我从来就不能专一定情。有时碍于埃勾斯,我才收敛一点儿。但是,我感谢他的监护,也感谢他在阿提卡恢复了对阿佛洛狄忒的崇拜。我很遗憾一次不幸的疏忽导致他死亡:我冒险去克里特,吉凶难卜,说好如果得胜返回,船上就挂白帆,而我却挂了黑帆。人不可能事事都想到。不过老实说,我若是扪心自问,会不会有意那么干,我还真不能保证那是一次疏忽。可以这么讲,埃勾斯挡我的路了,尤其是精通巫术的美狄亚插了手,她像埃勾斯自我感觉的那样,觉得他当丈夫有点儿老了,就出了个讨厌的主意,让他服药重返青春。那样一来,他就会阻碍我的前程,而照理每个人都能轮到机会。不管怎样,他望见船上挂着黑帆……我回到雅典时得知他跳海自杀了。

我认为做了几件大好事,这是个事实:我从大地上彻底清除了不少暴君、强盗和魔怪,清扫了一些连最大胆的人踏上去都心惊肉跳的险径,也廓清了天空,以便让人额头不要垂得那么低,不要那么惧怕意外的事件。

必须承认,那个时期乡间并不太平。村镇分散,隔着广阔的荒野,连接村镇的道路很不安全,要经过茂密的森林、山间的隘道。有些地方十分险要,强盗盘踞在那里,杀人越货,至少也要勒索些许赎金才肯放人,而且任何警察都鞭长莫及,控制不了。强盗打劫,匪徒抢掠,再加上凶猛的野兽袭击,妖魔鬼怪作祟,结果一个失慎的人遭难,还真弄不清是吃了恶神的晦气,还是仅仅遭了人的暗算,弄不清像俄狄浦斯战胜的斯芬克斯,或者柏勒洛丰战胜的蛇发女魔那样的怪物,究竟接近人还是接近神。凡是无法解释的,都带有神的色彩,恐怖的情绪扩散到宗教,以致英雄行为往往有渎神之嫌了。人要赢得的头几场最重要的胜利,就是降伏神。

无论是人还是神,只需夺过武器,反过来对付他,就像我夺过埃皮达鲁斯的可悲的巨人珀里斐忒斯的狼牙棒那样,才能认为真正战胜了他。

至于宙斯的霹雳,我跟您说吧,人总有夺过来的时候,就像普罗米修斯夺过火种那样。对,那是最后的胜利。不过,在女人方面,我总是喜新厌旧,这是我的优势,也是我的弱点。我摆脱了一个,只为了拜在另一个的长裙下,而且征服任何女人,无不自己首先被人家征服。庇里托俄斯[1]说得对(啊!我和他相处多么融洽!),关键是不要让任何女人给吓住,别像赫拉克勒斯落入翁法勒[2]的怀抱那样。既然我向来不能也不愿割舍女人,每次追求新欢,我总在内心告诫自己:"去追求,但要往前走。"如果说有一个女人借口保护我,有朝一日企图用一根线捆住我,把我同她捆在一

---

1 希腊神话中拉庇泰人的领袖之一。在由他的婚礼引起的一场恶战中,忒修斯帮拉庇泰人征服了人头马肯陶洛斯。
2 希腊神话中的吕狄亚女王,她接受要向神赎罪的赫拉克勒斯给她当三年奴隶。

起,线固然很细,但是没有拉长的弹性,那个女人也正是……不过,现在还不是谈她的时候。

在所有女人中,安提俄珀最接近拥有我。她是亚马逊人的女王,同她的属民一样只有一个乳房,但是无损于她的美貌。她训练赛马、格斗,肌肉发达结实,比得上我们的竞技力士。我同她搏斗过。她被我抱住,就像雪豹一样挣扎,没了武器就用指甲和牙齿,乱抓乱咬。她见我哈哈大笑(我同样没有武器),更是暴跳如雷,可又控制不住爱我。我从未拥有更为纯洁的女子。我并不在乎后来她只用一个奶头喂她儿子,我的希波吕托斯。我正是要以这种贞洁、这种野性培养我的继承人。以后我还要讲述我终生的悼念。因为,生在世上还不够,还要不枉此生,必须传下去,必须做到后继有人,我祖父就一再对我这样讲。庇忒斯、埃勾斯,都比我聪明得多,庇里托俄斯也如此。不过,别人承认我通情达理,其余的随后而来,只要有好好干的意愿,而这种意愿从来没有离开过我。有一种勇气,也寓于我这体内,推动我去干些胆大包天的事情。我壮志凌云。我表兄赫拉克勒斯的丰功伟绩,我年轻时听人讲述,就急不可待了。我一直生活在特雷泽纳,要去雅典找我名义上的父亲时,也不管别人的建议多么明智,根本不愿意听。我知道走海路最安全,但我偏偏要走陆路,正因为陆路绕远,旅途凶险,才使我跃跃欲试,以便考验我的勇敢。自从赫拉克勒斯拜在翁法勒的膝下之后,形形色色的强盗都欣喜若狂,重又在那些地方逞凶肆虐。我长到十六岁了,可以一展身手。这次轮到我了。我兴奋到极点,心怦怦狂跳。我要安全干什么!我嚷道,要平坦的道路干什么!毫无荣耀的那种安逸,还有舒适、懒惰,我都嗤之以鼻。因此,我去雅典,就取道伯罗奔尼撒地峡,先考验一下自己。结果同时认识了自己的膂力和毅力,剪除了几个名副其实的凶恶的强盗,诸如辛尼斯、珀里斐忒斯、普洛克路斯忒斯、革律翁(不对,这个是赫拉克勒斯除掉的,我想说的是刻耳库翁)。当时,我甚至出了点儿差错,误杀了斯库龙。他似乎是个大好人,非常真诚,又有一副热心肠,乐于帮助行路之人。可是这种情况,别人告诉我也太迟了,由于我刚刚把他杀掉,有人就干脆说他可能是个坏蛋。

我也正是在前往雅典的路上,在一片石刁柏丛中有了第一次艳遇。珀里戈涅身材修长而灵活。我刚杀了她父亲，但是我让她生了个大胖小子墨拿利普，也算是补偿了。我无意久留，离去之后，就再也没有见到那母子二人。可见，我做过的事占据不了，也拖不住我，而还要做的事更能把我调走。在我看来，最重要的事情会接踵而来。

因此，我不会在琐碎的准备上过多耽搁，大不了花费一点点时间。然而，我面临一次令人叫绝的奇遇，连赫拉克勒斯都没有经历过。我要细细道来。

三

　　这件事的过程非常复杂。首先要交代一句,当时克里特岛很强大,由弥诺斯统治。他认定他儿子安德洛革俄斯之死,应由阿提卡国负责[1],便采取报复的办法,要求我们每年进贡七对少年男女,据说是为了满足弥诺陶洛斯的食欲。弥诺陶洛斯那个怪物,是弥诺斯的妻子帕西淮同一头公牛交配生下的孩子。这些牺牲品的命运已经确定。

　　且说那年,我刚回到希腊。尽管命运放过了我(命运往往放过王子),我还是不顾父王的反对,要求算我一份儿……我无须享有特权,声称全凭勇敢来表明自己与众不同。我自有打算,要战胜弥诺陶洛斯,

---

[1] 希腊神话中,安德洛革俄斯是被忒修斯的父亲埃勾斯杀死的。

一举把希腊从被迫进贡的讨厌的义务中解放出来。再说，我也渴望了解克里特，那里盛产美妙而奇特的物品，源源不断地运到阿提卡。于是我启程，加入了另外十三人的行列，其中有我的朋友庇里托俄斯。

三月的一天早晨，我们到达小镇阿姆尼索斯，这是附近岛国京城克诺索斯的港口，而弥诺斯就住在建在京城的王宫里。如果没有一场暴风雨阻隔，头一天傍晚我们就应该到达。我们一上岸，武装的卫士就围上来，缴下我和庇里托俄斯的短剑，还搜了身，确认我们没有带别的武器，然后才带我们去见特意率领下臣从克诺索斯赶来的国王。老百姓蜂拥而至，争相挤上来围观。所有男人都光着上身，唯独坐在华盖下的弥诺斯穿着长袍，那是用一整块深红色布料做的，从肩头一直垂到脚面，波纹显得十分威严。他那赛似宙斯的宽阔的胸脯上，展示着三串项链。许多克里特人也戴着项链，但是很粗劣，而弥诺斯的项链，都是由宝石和镂刻成百合花的金叶子组成。他坐在上方由两把斧钺护卫的宝座上，右手朝前伸去，握着在他身前同他一样高的金权杖，左手则拿着一枝三叶形花，类似他项链上的花朵，但是大得多，看上去也像金子做的。他那金王冠上竖起一大扇羽饰，镶有孔雀羽毛、鸵鸟和翠鸟羽毛。他表示欢迎我们来到他这岛上，然后久久地打量我们，嘴角挂着带几分嘲讽的微笑，只因我们是来送命的。他身边站着王后和他女儿——两位公主。我很快发觉，大公主留意看我。就在卫士要将我们带走的时候，我看见她俯过身去，用希腊语对她父亲说道（声音很低，但是我的耳朵非常灵敏）："求求你了，饶过那个吧。"同时她还指了指我。弥诺斯又微微一笑，命令卫士将我的伙伴们押走。等面前只剩下我一人时，他就开始盘问我了。

我早已打定主意，要特别谨慎从事，一点儿也不透露我的高贵出身，也绝不透露我的大胆计划。但事到临头我却突然觉得，既然我引起了公主的注意，那就不如开诚布公，而公开声明我就是庇忒斯的外孙，比什么都更能使公主贴近我，并博得国王的恩典。我甚至暗示，据阿提卡那里流传，我是伟大的波塞冬所生。弥诺斯听了这话，便郑重提出，为了澄清事实，等一会儿我必须经受波涛的考验。对此我满口答应，表示无论什么考验，我确信无往而不胜。我这种十足的信心，即使没有打动弥诺斯本人，至少也赢得了宫廷这些贵妇的好感。

"现在,"弥诺斯说道,"您立刻去用餐。您那些伙伴已经坐好等着您呢。您颠簸了一整夜,正像我们这里所说的,也该填填肚子了。您休息一下。傍晚时分,有一场隆重的竞技大会欢迎你们,我要请你们参加。然后,忒修斯王子,我们要带您去克诺索斯。您就睡在王宫里,同我们一起用晚餐,是一次家庭便餐,您不会有拘束之感,这些夫人也会很高兴听您讲讲先前的英雄事迹。现在,她们要去打扮一下,好参加盛会。到那里我们还会见面,考虑到您这王子身份,而我又不愿意公开对您另眼看待,就安排您和您的伙伴们直接坐到王室包厢的下方,这样,您的伙伴们也借了您的光。"

欢迎会在朝向大海的巨大半圆形竞技场举行,吸引来大批观众,有男有女。他们来自克诺索斯、利托斯,甚至戈尔图恩,听说那里很远,相距有二百斯塔德[1],还有的来自其他城市和周围的村庄,可见农村人口也特别稠密。我看什么都感到惊讶,无法形容我觉

---

[1] 古希腊长度单位,1斯塔德约为180米。

得克里特人多么陌生。阶梯看台坐不下，走廊和楼梯台阶都挤满了人。女人同男人一样多，大部分也都裸露着上身，只有少数几个穿着胸衣，还开得很低，照习俗将乳房露在外面——在此我得承认，觉得这种习俗实在不讲廉耻。男人和女人都穿着束身半短背心，扎着腰带，腰身束紧到了荒唐的程度，简直就像沙漏了。男人几乎一色棕褐肌肤，手上戴的戒指，腕儿上戴的手镯，脖子上戴的项链，几乎同女人一样多。女人的肌肤个个雪白。除了国王，以及他的兄弟拉达曼堤斯、他的朋友代达罗斯，所有人的脸颊上都没有胡须。王后和公主的看台在我们座位的上方，居高俯瞰全场。她们展示着极其华丽的衣裙和首饰，每人都穿着镶边裙，在臀部下方奇特地撑开，呈绣花荷叶边状，一直垂到穿着白皮靴的脚面。王后端坐在小看台正中，其豪华的服饰尤为引人注目。她袒臂露胸，肥乳上饰满了珍珠、珐琅和宝石；脸颊两侧垂下长长的发卷，额头则由一束束小发卷遮护。她长着一副贪食的嘴唇，上翻的鼻子，眼睛大而无神，目光酷似牛眼。一副金冠并没有直接戴在头发上，一顶可笑的深色布帽衬在其间，并从金冠下探出来，高高翘起，尖端微微下弯，犹如额头长出的独角。她的胸衣前面一直袒露到腰带，从后背连上去，领子呈大喇叭口状。裙子在她周围展开，乳白色衬地儿上有三排绣花十分悦目：一排蓝蝴蝶花，一排番红花，靠裙摆底边一排是带叶儿的紫罗兰。我坐在正下方，可以说只要回头一仰望，就不仅赞叹那裙子颜色的搭配、图案的美观，而且还要赞叹那做工的精细。

大女儿阿里阿德涅坐在母亲的右边，正在指挥斗牛。她的服饰不如王后那样华丽，衣裙颜色不同，裙子上只绣了两排图案：上一排是狗和鹿，下一排是狗和山鹑。坐在帕西淮左边的淮德拉，年龄显然小得多，还是玩铁环儿的孩子，下排是更小的孩子，正蹲着玩弹球。她带着童稚的乐趣观看表演。至于我，新鲜的东西太多，令我目不暇接，惊叹不已，也就不大留意表演，但是在合唱、跳舞、角斗相继表演之后上场的杂技演员，动作非常惊险，却又十分敏捷、迅疾而灵活，也着实出乎我的意料。我本人很快就要同弥诺陶洛斯较量，能观看他们的假动作、把公牛遛得疲惫而晕头转向的腾挪闪跳，倒也受益匪浅。

四

阿里阿德涅向最后一名获胜者授了奖,弥诺斯便由朝廷官员簇拥着,宣布竞技表演结束,并叫我单独来到他身边。

"忒修斯王子,"他对我说道,"现在我要带您去海边,要您接受考验,考验您是否如您刚到时所说的,果真是海神波塞冬的儿子。"

于是,他走到浪涛拍击岸脚的岬角的岩石上。

"我这就将王冠抛进波涛里,"国王说道,"以便向您表明,我相信您能从海底给我捞上来。"

王后和两位公主都在场,渴望观看这次考验,因而我受到鼓舞,提出异议:

"要给主人叼回一件物品,哪怕是一顶王冠,难道我是条狗吗?无须诱饵,让我潜入海中,给您捞上点儿什么,足以证明我的身份。"

我的胆子越发大了。当时起了风，刮得还相当猛，恰巧掀起阿里阿德涅肩头的一条长披巾，并朝我刮来。我微笑着一把抓住，就好像是公主或神灵赠给我的。我立刻脱掉穿着显得缩头缩脑的紧身外衣，将披巾缠在腰上，再从大腿之间拉到前面系好。这看似顾些羞耻，绝不在这些夫人面前展示我的阳物，但是我这样做，就能掩饰我挂在皮带上保存的钱袋。不过，钱袋里装的并不是钱币，而是从希腊带来的几颗宝石，因为我知道无论到什么地方，这些宝石都会完全保值。

我这才深吸一口气，扎进水中。

我扎入水中，趁势潜得相当深，从钱袋里取出一颗玛瑙和两颗绿玉髓，才又浮出水面。我回到岸上，极其殷勤地将玛瑙献给王后，将绿玉髓献给两位公主，佯装是从海底带上来的，更确切地说（因为在我们陆地都十分珍稀的宝石，不大可能同时在海底找到，况且我也没有时间挑选），佯装是波塞冬亲自交给我的，让我敬献给这些夫人，从而比考验还能更有力地证明，我是神种，并受神的宠爱。

随后，弥诺斯便将我的剑还给了我。

过了一会儿，我们就乘车去克诺索斯了。

五

我疲惫到了极点,见到王宫宽阔的庭院、带扶手的巨大楼梯,以及曲折的走廊,丝毫也没有惊讶的反应了,任由举着火炬的尽心尽力的仆人引我上三楼,直到给我准备的客房。房中点着好几盏灯,他们只留一盏,将其余的几盏吹灭,便退出去了。我们乘车走了一整夜,凌晨才到达克诺索斯。在漫长的旅途上,我虽然睡了觉,但是一躺到芳香的软榻上,我就沉沉睡去,直到傍晚才醒来。

我根本算不上是四海为家的人。来到弥诺斯的宫廷,我头一次领悟自己是希腊人,不免有客居异乡之感。各种新奇的事物:衣着服饰、风俗习惯、言谈举止、家具(在我父亲那里,陈设就很简单)、器物及其使用方法,我见了无不感到惊讶。周围如此文雅讲究,我自惭形同野人，越惹人笑话就越显得笨拙。我吃饭时习惯用手抓起食物送到嘴里，而这些轻巧的金属或镂金叉子、这些用来切肉的餐刀，我使用起来就觉得比最重的武器还要沉。大家的目光都集中到我身上。我应该交谈，却更加显得笨嘴拙舌。神啊！我感到自己多么局促不安啊！我一向独来独往施展本领，这是头一回同这么多人打交道，不再是以勇力搏斗并战而胜之，而是要讨人喜欢，这方面我真是一点儿也摸不着门。

晚餐我坐在两位公主之间。主人对我说，这是家庭便宴，不拘礼节。的确，餐桌上只有弥诺斯和王后、国王的兄弟拉达曼堤斯、两位公主和她们的弟弟格劳科斯，此外没有邀请任何客人，唯独小王子的希腊文教师是个例外：他刚从科林斯而来，主人甚至没有向我介绍。

他们求我用自己的语言（他们全都能听懂，讲得也很流利，只是稍微带点儿口音），讲讲我的所谓英雄事迹。我讲如何以其人之道还治其人之身，以普洛克路斯忒斯对待行人的方式来对待他，把他的个头儿高出我的一截削掉，我很高兴小淮德拉和格劳科斯听了狂笑不止。不过，大家讲话都很有分寸，避而不谈我为何来到克里特，佯装只把我看作一名过客。

这顿家宴期间，阿里阿德涅自始至终都在台布下用膝盖挤我，然而，小淮德拉散发的热气更令我心慌意乱。可是，坐在我对面的王后帕西淮，那直勾勾的目光像要把我活活吞下去，而坐在她旁边的弥诺斯，嘴角却始终挂着微笑。唯独黄色大胡子拉达曼堤斯脸色有点儿难看。吃完了第四道菜，他们二人说是要离席，便离开了餐厅。到后来我才明白他们这话是什么意思。

我晕船还没有完全好，这顿饭吃得太多，喝得更多，给我满上的各种果子酒和烧酒，我全喝下去了，结果我很快就晕头转向了，因为平常我只喝水或掺水的果子酒。眼看就要失态了，我趁着还能站起身来，便请求出去一下。王后立刻带我去她的寝宫隔壁的小卫生间。我大大地呕吐了一通，然后去寝宫找她。她坐在沙发床上开始同我谈话。

"我的年轻朋友……"她说道，"您允许我这样称呼您吧，赶紧利用我们俩单独在一起的机会。我并不是您所以为的样子，但也绝不怪您，其实您这人非常可爱。"她一再强调她的话只讲给我的灵魂,或者我不知道的什么内心,可是同时,她的手也不闲着,先抚摩我的额头,再探进我的紧身皮衣里,抚摩我的胸脯,仿佛要确信我在她眼前是实实在在的人。

"我不是不知道您的来意,也就力图防止出差错。您的杀气很重,来同我儿子拼个你死我活。别人怎么讲他,我不得而知,也不想知道。噢!不要听而不闻我内心的呼声!别人叫他弥诺陶洛斯,也一定向您描绘过,但不管他是不是怪物,他毕竟是我儿子。"

话讲到这地步,我认为应当说明一下,我对怪物也不乏兴趣,可是她不听我的,径直讲下去:

"请理解我,我的禀性有狂热信仰的倾向,独独崇爱神灵。可是要知道,事情难就难在,根本弄不清神何处始,何处终。我经常拜访我的表姐勒达[1]。对她来说,神兽附在一只天鹅身上。因此,弥诺斯也理解我的愿望,要给他生个神种做继承人。然而,如何分辨神播的种子可能存于兽体呢?如果说事后,我只能哀

---

[1] 希腊神话中的海中仙女,斯巴达王后,一天她沐浴时,宙斯化作天鹅到她怀里。后来天鹅蛋中生出四个女儿,其中波吕丢刻斯和海伦是宙斯生的。

叹自己的过错——我完全感到,这样对您讲,就是剥夺了这事儿的崇高性——不过我向您保证,忒修斯啊,在当时确实是神圣的。您要知道,我那公牛不是一头寻常的牲畜,那是波塞冬赠送的,作为我们燔祭时给他的祭品。可是,那头牛好看极了,弥诺斯狠不下心来牺牲掉,这就是神要通过我的欲念进行报复的原因了。您也必定知道,我的婆母欧罗巴[1],当年就是被一头公牛劫走的。那公牛是宙斯的化身,他们的结合生下了弥诺斯。也正是这个缘故,公牛在他的家族始终备受尊敬。我生下弥诺陶洛斯之后,看见国王皱起了眉头,就只需对他说一句:看看你母亲!他就不能不承认我可能是弄错了。他是个智者,认为宙斯任命他和他兄弟拉达曼斯为判官[2]。他主张必须首先理解才能很好判断,想到他本人或者他的家庭经受一切考验之后,他才能成为好判官。这对他的家人是个很大的鼓舞。他的子女、我本人,我们从不同的方面,以各自

---

1 希腊神话中腓尼基公主,被化作白牛的宙斯劫持到克里特,生下弥诺斯和拉达曼堤斯。
2 弥诺斯和拉达曼堤斯死后成为冥土的判官。另一个判官是埃阿科斯。

独特的过错来促进他这种生涯。弥诺陶洛斯也同样,只是不知道而已。因此我来请求您,忒修斯,恳切地求您,不要伤害他,倒是要同他连成一气,以便消除误会,而这种误会使克里特和希腊对立,极大地损害我们两国的利益。"

她这样讲着,也逼得越来越紧,再加上酒气上头,从她的胸衣里又随同她的乳房冒出浓烈的气味,结果弄得我极不舒服。

"还是回到神性上来吧,"她继续说道,"必须时时回到这上面来。您本人,您本人,忒修斯啊,您怎么能感觉不到有神附体呢?"

使我为难到了极点的,还是阿里阿德涅在等我。这个大女儿,真是异常美丽,但还不如妹妹那么令我心慌。我是说,阿里阿德涅,在我酒食不适之前,她就又打手势又说悄悄话,让我明白一吃完饭,她就在花园平台等我。

六

好一个平台！好一座宫殿！陶醉的花园悬在半空，在月光下不知在等待什么！时值三月，暖融融的已有春意。我刚一回到户外，不适之感就涣然冰释。我这个人在室内待不惯，需要敞开肺腑痛快地呼吸。阿里阿德涅朝我跑来，热乎乎的嘴唇一下子就贴到我的嘴唇上，而且来势甚猛，带得我们两人都站立不稳了。

"走，"她说道，"我并不在乎别人看见我们，不过要谈话，我们最好还是到笃耨香树下去。"

她拉着我下了几个台阶，朝花园一处草木更加茂密的地方走去。那里树木高大，遮住了月光，但是挡不住月亮在海面的反光。她改了一身打扮，换下带裙环的裙子和有胸撑的胸衣，穿了一件轻飘飘的连衣裙，能让人感到里面光着身子。

"我想象得出来我母亲对你讲了些什么,"她开口说道,"她疯了,完全丧失了理智,她的话你不要放在心上。首先一点:你来此要冒很大危险。我知道,你前来与我那同母异父的兄弟弥诺陶洛斯搏斗。我讲这事儿是为了你的利益,你要仔细听我讲。我确信你一定能战胜他,只要看看你的样子就无可怀疑了。(你不觉得这像一句好诗吗?你对此敏感吗?)然而,怪物住在迷宫里,到现在为止,谁进去后也未能再出来。你也走不出来,如果你的情人不来帮一把,你也不可能走出迷宫,而这情人就是我,即将是我。你想象不出,那迷宫有多复杂。明天,我把你引见给代达罗斯,他会告诉你的。迷宫是他建造的,可是就连他也认不清路线了。他会向你讲述,他儿子伊卡洛斯如何冒险进去,凭借翅膀飞起来才得以脱身。可是这种方法,我却不敢建议你采用,那太冒险了。你应当马上明白,你唯一成功的机会,就是永远也不要离开我。你我之间,从今往后,就应当生死与共。你也只有借助我,只有通过我,只有以我为化身,才可能走出迷途,重见天日。这是不容讨价还价的。你若是丢下我,那就自找倒霉。因此,你第一步就要得到我。"此话一出口,她就毫无保留地献身于我,投入我的怀抱,紧紧搂住我,一直到清晨。

老实说,我觉得这段时间挺长。我向来不喜爱待在一个地方,哪怕是在欢乐的怀抱里,一旦新鲜劲儿过去,我就一心想脱身了。随后她对我说:"你答应我了。"我什么也没有答应,还特别坚持我行我素。我要对得起我自己。

尽管我醉意醺醺,观察力锐减,我还是觉出她的保留部位很容易进入,无法相信我是先驱者。这一留意非同小可,我就有了充分权利,以后好摆脱阿里阿德涅。此外,她那种温柔甜蜜,很快也让我无法忍受了,忍受不了她那永远相爱的旦旦信誓,忍受不了她送给我的那些滑稽可笑的亲昵称呼。我一会儿是她唯一的小狗,一会儿是她的金丝雀,一会儿是她的狮子狗,一会儿是她的小猛禽,一会儿是她的小乖乖……我讨厌这些小爱称。而且,她过分沉迷于文学。"我的小心肝儿,"她对我说道,"蓝蝴蝶花刚刚开放,很快就要凋谢。我知道什么都不久长,不过,我只考虑现时。"她还说:"我离不开你。"我听了这话,就只想离开她了。

"这事儿,你父王会怎么说呢?"我问过她。她当即回答:"弥诺斯嘛,我的宝贝儿,他什么都忍得下。他认为最明智的,就是承认无法阻止的事物。我母亲同公牛出了那件风流案,他没有责难,仅仅说了一句:您这么做,我实在领会不了。这是我母亲同他解释之后,向我复述的。他还补充说:'木已成舟,什么也改变不了事实。'他也会以同样的态度对待我们的事儿。大不了,他将你赶走,那有什么关系,反正你去哪儿,我就跟到哪儿。"

那我们就走着瞧吧,我心中暗道。

我们随便吃了点儿现成的饭菜,我就求她带我去见代达罗斯。一见面我就说要同他单独谈谈,阿里阿德涅让我以波塞冬的名义发誓,一谈完就去王宫找她,这才肯丢下我。

七

代达罗斯起身迎接我。我走进不大明亮的房间时,他正埋头审阅摊在面前的书板和图表,周围还堆了大量的奇形怪状的器具。他身材修长,年事虽高却不驼背,银须飘然,比弥诺斯的胡子还长,不过,弥诺斯的胡须仍然是黑色的,代达罗斯则一把金黄胡子。他的额头很宽,被一道道深深的横纹切断。眉毛浓密纷披,在他低头时就半遮住眼睛。他说话语调缓慢,声音深沉,看得出来他沉默是为了思索。

他首先祝贺我的英勇行为,说他虽然隐居而远避尘嚣,却也有所耳闻。他还说看我有点儿傻乎乎的,他不大看重武功,而人的价值也不体现在胳臂上。

"当年,我没少见在你之前的赫拉克勒斯。他相当愚蠢,除了英勇,从他身上得不到任何别的东西。不过,当初我在他身上,现在又在你身上品出来的,就是忠于职守、勇往直前的一种精神,甚至还受鲁莽的驱使,先战胜人人皆有的胆怯情绪,才进而战胜对手。赫拉克勒斯比你踏实,也更用心把事情做好,但是有点儿郁郁寡欢,尤其每次完成壮举之后。而在你身上,我喜爱的就是这种欢快,你这一点有别于赫拉克勒斯。我会称赞你绝不为思想犯难。那是别人的事儿,他们不行动,但是提供行动的漂亮而恰当的理由。

"你清楚我们是表亲吧?我也同样(不要告诉弥诺斯,他什么也不知道),我是希腊人。可惜我不得不离开阿提卡,只因我和我的侄儿有了分歧。我侄儿塔洛斯[1]同我一样,也是雕刻家,但他是我的竞争对手。他赢得了民众的好感,就在于他做的神像要固定在基座上,不能移动,保持庄严而呆板的姿态;我则不然,将神的肢体解放了,从而把我们同神拉近了。多亏了我,奥林匹斯山重又与大地为邻。此外,我也要通过科学,让人也类似神。

"我在你这年龄时,尤其渴望增长知识。很快我

---

[1] 据一种传说,代达罗斯嫉妒侄儿塔洛斯的种种发明,把他从城墙上推下摔死。

就确信,人没有工具,光凭力气成不了事,或者成不了大事,俗谚说得对:器具胜过气力。没有父亲交给你的武器,你肯定降伏不了伯罗奔尼撒或阿提卡的强盗。因此我想,只有改进武器,我的工作才更有意义,而我要做到这一点,也必须首先掌握数学、机械和几何知识,至少像埃及人那样掌握并充分利用知识,也像他们那样从教育过渡到实践。我还必须了解不同物质的性能和特点,即使那些看似没有直接用途的物质,人有时会出乎意料地发现其特殊的功能,正如发生在对人的认识上。我的学识就这样扩展和强化了。

"接着,我又去访问遥远的国度,了解其他的行业和技艺,了解其他的气候、其他的植物,向外国学者学习,只要还有可学的东西就绝不离开他们。然而,我无论去何地,无论在哪里停留,始终还是个希腊人。也正是因为我知道并感到你是希腊的儿子,我的表弟,我才对你发生兴趣。

"我回到克里特,便同弥诺斯谈了我的学习和旅行,又向他介绍了我构思的一项计划,如果他愿意,并且提供给我财物的话,我就仿照我在埃及莫里斯湖畔赞赏过的一座迷宫,以不同的设计,在王宫附近建造一座。当时,弥诺斯恰巧碰到一件尴尬事,王后生下一个怪物,他不知道如何安置弥诺陶洛斯,但认为最好隔离,避开公众的耳目。于是他请我设计一座建筑物,配以一系列没有围栏的花园,不用特意囚禁,却能留住怪物使他不可能逃出去。我便精心设计建造,施展我的学识。

"然而我认为,世上就没有狱卒能防住执意要逃出去的人,也没有大胆和决心跨越不过去的高墙深沟,因此我就想,要想把弥诺陶洛斯留在迷宫,最好的办法绝不是使其不能(要很好理解我这话),而是使其不愿意出去。为此,我集中了能满足各种欲念的东西。弥诺陶洛斯的欲念既不多也不复杂,不过,还要考虑所有人,可能进入迷宫的任何人。削弱直至消除他们的愿望也很重要,尤为重要。为了提供这种效用的东西,我将药茶制成软糖,掺在酒中给他们食用。但是这还不够,我又找到更好的办法。我曾注意到,一些植物扔进火里焚烧,就会冒出使人半麻醉的烟,我认为用在迷宫里极妙,能不折不扣地达到我所期待的效果。于是我提供燃料,保持炉火日夜不熄。炉中飘逸出来的浓烟,不仅作用于意志,还令人昏昏欲睡,能制造一种令人销魂的迷醉，让人产生种种惬意的错觉，引导大脑徒劳地活跃，沉迷于欢畅的幻觉中。我讲徒劳的活跃，就因为除了想象的东西毫无结果，只是经历了一场虚幻，或者一场不连贯、不合逻辑也不坚定的思辨。呼吸这种烟雾的人，反应各不相同，每人头脑都开始紊乱，可以这么说吧，每人都迷失在各自的迷宫里。对我儿子伊卡洛斯而言，头脑紊乱是超感觉的。对我来说，则出现巨大的建筑群：宫殿重重叠叠，走廊、楼梯错综复杂……不过，正如我儿子不着边际的推论那样，全都通向一条死路，通向一个神秘的'此路不通'。然而，最令人惊奇的，还是那种香气，人只要闻上一段时间，就再也离不开了。肉体和精神对这种麻醉都上了瘾，一脱离麻醉状态，就觉得现实没有趣味，反而不愿意回到现实中来了，这一点也有作用，尤其这一点，能把人拖在迷宫里。我了解你的愿望，要进去收拾弥诺陶洛斯，所以警告你。这种危险，我对你讲了这么长时间，就是要让你当心。你独自一人脱离不了险境，必须有阿里阿德涅陪伴。不过，她必须停在门口，绝不要吸入那种烟气。关键是你被迷倒的时候，她要保持清醒。你哪怕迷醉了，也要善于把持住自己：这是关键的关键。你光有意志也许还不够（因为，我跟你说过，那种烟气削弱你的意志）。我想出一个点子，把阿里阿德涅和你用一根线连起来。这是触摸得到的职责的形象表现。你迷路之后，这根线将允许你并迫使你回到她身边。不管迷宫多有魅力，陌生的东西多么吸引人，也不管你的勇气多么冲动，你也务必保持坚定的决心，不能扯断这根线。回到她身边，否则，此后的一切、最好的追求都要付诸东流。这根线将把你同过去连起来。回归过去。回归你自身。须知没有任何东西是凭空而生的，而你将来的一切，就是依赖你的过去，依赖你现时的状态。

"我对你若是兴趣不大，也就不会跟你谈这么久。不过，在你走向自己的命运之前，我还想让你听听我儿子是怎么说的。你听他讲讲你要冒的危险，就会更明白了。尽管他多亏了我，得以逃脱迷宫的魔力，但是遗憾的是，他的头脑还一直受那种魔力的影响。"

他走向一道矮门，撩起门帘儿，声音提得很高，说道：

"伊卡洛斯，我亲爱的孩子，过来对我们讲讲你的惶恐不安吧，或者，干脆还像你独自一人那样，继续自言自语,既不要管我,也不要管我的客人。你说你的,就当我们不在眼前。"

八

我看见进来一个跟我年龄相仿的青年,在昏暗中觉得他相貌极美。他那长长的金发卷儿披到肩头。他的目光发直,似乎不会注视任何物品。他的整个上身几乎赤裸,只穿着紧紧箍身的铁胸甲,下身有一块深色缠腰布,看似皮革的,裹住上半截大腿,由一个奇特的大花结系住。我的视线被一双白皮鞋吸引过去,看样子他准备出行,然而,唯独他的思想在行进。他仿佛没有看见我们,无疑还在继续他那思辨的行程,口中念念有词:

"究竟谁是起始:男人还是女人?永恒难道是女性?各种各样的形体,你们是哪个伟大的母腹生出来的?而多产的母腹,授孕者又是谁?无法接受的二元性。在这种情况下,神,就是孩子。我的思想拒绝分割神。我一同意分割,就等于赞成斗争。谁有诸多神,谁就有战争。没有诸多神,只有一个神。一个神统治,天下就太平。在这唯一中,一切都自行化解,自行调和。"

他停顿了片刻,继而又说道:

"要想标明神圣,人必须压缩和限定。神完全是分散的,分成诸神,前者是无限的,后者是局部的。"

他又沉吟一下,接着又说道,但是声音有些喘息和惴惴不安:

"可是,这一切的道理是什么,明澈的神吗?多少艰难困苦,多少努力奋斗的理由。奔向什么?生存的理由吗?寻求万物存在的理由吗?如果不是奔向神,那又奔向什么呢?如何确定方向?到何处停止?什么时候能够说:但愿如此,一切到此为止?从人出发,如何能达到神?如果我从神出发,又如何达到我自身。然而,一如神造就我这样,难道神不是人创造的吗?我的思想就是要停留在道路的交叉点,停留在这个交叉点的中心。"

他住了口,过了片刻又说道:

"我根本不知道神始于何处,更不知道神止于何处。进而言之，我若是讲神永无休止地起始，大概会更好地表达我的想法。噢！因此我多么讨厌'因此''因为''既然'啊！……多么讨厌推理、演绎。我从最美妙的三段论中，也仅仅得出我放进去的前提。我若是放进去神，就重新得到神。我放进去才能得到。我踏遍了逻辑的所有道路。我在水平面上已经游荡够了。我在爬行，现在我要飞起来，脱离我的影子、我的粪便，抛掉过去的负担！蓝天吸引我，诗意啊！我感到被上天吸上去。人的思想啊，你升到多高，我也要上去。我父亲是机械专家，能向我提供办法。我要独自前往。我有这个胆量。我承担后果。否则，就冲不出去。美妙的思想，陷入错综复杂的问题中，为时太久了，你要冲到尚未开辟的路上。我不知道拉我投入的这种吸引力是什么，但是我知道终点只有一个，就是神。"

说罢，他就离开我们，一直退到门帘边上，撩起来走进去，又放下了。

"亲爱的孩子，真可怜，"代达罗斯说道，"他念念不忘自己再也逃不出迷宫了，殊不知迷宫就在他自身。我应他的请求，为他制造了能飞起来的翅膀。他认为大地上的路全已堵死，别无出路，只能上天了。我了解他有神秘主义的倾向，萌生这种渴望也不奇怪。餍足不了的渴望，你听他所讲的就明白了这一点。他不顾我的告诫，想飞得很高很高，过早地耗尽了气力，结果坠入海中，淹死了。"

"这怎么可能？"我不禁高声说，"刚才我还看见他活着呢。"

"对，"代达罗斯又说道，"刚才你看见他，觉得他还活着。然而他死了。讲到这里，忒修斯，我倒有点儿担心，你的思想虽是希腊型的，也就是说敏锐，向所有真理敞开，也难以跟上我的思路。因为就连我本人，不瞒你说，我也花了很长时间，才明白和接受这一点：我们每人不是单纯地度过一生，到最终过秤时，不会判定灵魂没有什么分量。在人生这个层次上，人人在这段时间里发育成长，实现自己的命运，然后死去。可是在另一个层次上，连时间也不复存在了，那是真正的永恒：人的每个举动，无不按其特殊的意义记录在案。伊卡洛斯，早在生前就是，死后依然是他在短暂的一生所体现的人类不安、探索、诗意的飞升的形象。他按规矩赌完了自己的一局，但是没有停留在自身。有些英雄也如此。他们的行为在持续，由诗歌、艺术接续下去，变为一种持久的象征。正是这个缘故，猎户俄里翁，在盛开阿福花的乐土上，还在追逐他生前猎杀的野兽，而他的星座连同他的肩带[1]，已经在天上永存了。同样是这个缘故，坦塔罗斯要永久忍受饥渴[2]；西西弗斯[3]不断推那滚落的巨石，达不到山顶，那正是他当科林斯国王时劳神忧心的巨石。因为，要知道，在地狱中没有别种惩罚，只是周而复始地去做生前未完成的行为。

"这完全类似动物界：每个动物尽管死去，其种类却保持自己的形体和习性，丝毫也没有退化和减损，只因动物中谈不上个体。然而，人类则不同，个人，独自一个有其重要性。弥诺斯就是这样，他在克诺索斯的生活方式，从现在起就为他任地狱判官做准备。帕西淮、阿里阿德涅也都很典型，任由命运裹卷而去。

---

[1] 在希腊神话中，俄里翁是海神波塞冬的儿子，英俊的猎人，他与黎明女神厄俄斯相爱，被狩猎女神射死。俄里翁星座便是猎户座，肩带即三星。
[2] 坦塔罗斯因用自己儿子的肉献给神而触怒宙斯，被罚永世站在水中，但喝不到水，也吃不到果子。
[3] 西西弗斯是个暴君，死后被罚在地狱推巨石上山。

而你本身，忒修斯啊，不管你显得多么无忧无虑，或者自认为如此，你也像赫拉克勒斯、伊阿宋[1]。或者珀耳修斯[2]那样，逃不脱塑造你们每个人的命数。

"不过要知道（既然我的目光掌握了洞视现时和未来的本领），要知道你还要成就大事，而且是在你过去的英雄行为以外的领域。等到将来，比起那些大事，你的这些英雄行为就如同儿戏了。你要创建雅典，让那里成为思想统治之地。

"因此，你经过激烈搏斗获胜之后，无论在迷宫里，还是在阿里阿德涅的怀抱中，都不可久留。继续往前走。要把懒惰视为背叛。直到你的命运达到尽善尽美了，才可以在死亡中寻求安歇。只有这样超越了表面的死亡，由人类的认同重新创造之后，你才能永世生存。不要停留，往前走，城邦的勇敢的统一者，继

---

[1] 忒萨利亚王子，曾率众英雄出海觅取金羊毛。他在美狄亚帮助下取得了金羊毛。二人结婚生下三个儿子。但美狄亚为报复伊阿宋负情，用带有魔法的婚服将新娘烧死，还杀死三个儿子。结果伊阿宋自刎而死

[2] 珀耳修斯是宙斯化作金雨与达那厄亲近所生，一生漂泊冒险，历经种种磨难，也有许多英雄事迹。他同母亲回到故土，在一次掷铁饼时，无意中砸死外公。

续赶路吧。

"现在,你听着,忒修斯啊,要记住我的告诫。毫无疑问,你不用费力就能战胜弥诺陶洛斯,因为,若是把他看透了,他并不像别人以为的那样可怕。有人说他杀人吃,那么请问,公牛从什么时候起只啃青草啦?进入迷宫容易,而出来则比什么都难。只有先迷失而后才复归,概莫能外。但是,由于身后不会留下足迹,你要回头出来,就必须用一条线把你同阿里阿德涅连在一起。我给你准备了几个线团,你随身带着,一边走一边放,一个线团用到头,就接上另一个,千万不要断了,返回时再缠起来,一直到阿里阿德涅握着的一端。我不知道为什么我要这样强调,其实这再简单明白不过了。难就难在坚持到底,返回的决心不可动摇,而迷宫的香烟及其散播的遗忘、你本人的好奇心,所有一切都竞相削弱你的决心。这一点我对你说过,没有什么可补充的了。这是线团。再见。"

我同代达罗斯分手,便去找阿里阿德涅。

九

正是在线团这事儿上,阿里阿德涅和我第一次发生争执。她要我把代达罗斯给我的线团交给她,保存在她怀里,硬说缠线和放线是女人的事儿,她又是个好手,不愿意让我去做,而其实呢,她这样不过是要主宰我的命运,这是我绝不肯答应的。我还能猜想到,她放线让我远离她,也是迫不得已,她不是牵住线,就是往回拉,就会妨碍我痛痛快快地前进。尽管她使出女人的最后一招,流下眼泪,我还是顶住了,深知只要开始让给女人一根小手指,那么整条胳膊,乃至全身就会都赔进去了。

这线既不是麻的,也不是毛的,而是代达罗斯用人所不知的材料做的,我甚至用我的利剑试了试,想割下一小段却根本办不到。我将这把利剑留在阿里阿德涅的手中，决意（按照代达罗斯对我讲的，器械为人提供了优势，我没有器械就不可能战胜怪物），我要说，决意单凭自己的膂力同弥诺陶洛斯较量。我们到达迷宫门口，看见门楣上装饰有克里特到处可见的双斧，我要求阿里阿德涅一步也不得离开。她执意亲自动手，将线的一端系在我手腕上，并说打的是夫妻结。接着，她又把嘴唇贴在我的嘴唇上，吻的时间给我的印象十分漫长。这要延误我的行程。

我那十三名男同伴和女同伴在我之前就出发了，其中包括庇里托俄斯。我赶到头一个厅室就找见他们，他们中了香烟之毒，已经完全痴呆了。我忘记讲了，代达罗斯除了给我线，还给了我浸有高效解毒剂的布，嘱咐我千万用它堵住口鼻。在迷宫门口，阿里阿德涅还亲手用布团堵住我的口鼻。我几乎透不过气来，不过也多亏了解毒布团，我在迷漫的烟气中，才能保持清醒的意识、坚定的意志。然而，我已说过，我习惯待在大自然的空气中，只有那样才感到舒服，进了迷宫受到人为烟气的压迫，我就有点儿窒息。

我放着线，走进第二个厅室，这里比头一个厅室暗了。再到另一间更加昏暗，再进一间，我就只能摸索着往前走了。我的手擦着墙壁，碰到一扇门的把手，一打开门，强烈的阳光迎面扑来。我进入一座花园。对面有一个平台，上面盛开着毛茛花、侧金盏花、郁金香、长寿花和香石竹。我看见弥诺陶洛斯躺着，一副懒散的姿态。天赐良机，他睡着了。我本应加快脚步，趁着他睡觉下手，可是，他的睡容又制止住我：怪物很美。就像肯陶洛斯有时显现的那样，人和兽在弥诺陶洛斯身上结合，无疑十分和谐。此外，他很年轻，而他的青春，又给他的形体美增添了难以描摹的可爱的神采。这成了对付我的武器，比武力还厉害，我要与之抗衡，就必须使出全身解数。因为，只有受仇恨的激励，才能更出色地搏斗，而我对他却恨不起来。更有甚者，我还停下半晌欣赏他。忽然，他睁开了一只眼睛。于是我看出他很愚笨。当即明白我该出手了……

说出手就出了手，但是这个过程，回想起来却不真切了。我的口用解毒布团塞得再紧，经过头一个厅室，脑袋也让烟气熏得晕乎乎的，记忆受到了影响，虽说战胜了弥诺陶洛斯，可是取胜的场面给我留下的记忆却很模糊，不过，倒是一种惬意的感觉。打住，因为我不准自己虚构。我还记得那花园十分迷人，恍若梦境，令人心醉神迷，我想恐怕自己离不开了。可是，既然解决了弥诺陶洛斯，我就不得不遗憾地重又缠上线，回到头一个厅室找我的伙伴们。

他们正大吃大喝，不知由谁，又如何摆了一桌盛宴，他们形同疯子或白痴，相互乱摸，纵声大笑。我表示要带他们走时，他们无不反对，说他们待得非常舒服，根本不想离开。我则坚持说，我是来解救他们的。"解救什么？"他们纷纷嚷道。他们突然结成一伙反对我，破口骂我。庇里托俄斯也参与其中，这叫我特别伤心。他几乎认不出我了，他否定美德，嘲笑自身的才能，恬不知耻地宣称，给他世上的全部荣耀，他也不会同意离开眼前的舒适安逸。可我不能怪他，深知若是没有代达罗斯的提防措施，我也同样沉迷了，也会跟他，跟他们随声附和。我无可奈何，只好揍他们，挥动拳头，用脚踢屁股，才迫使他们跟我走，可见他们醉得相当厉害，手脚笨重，无法反抗了。

走出迷宫之后，要花多大力气和时间，才能使他们恢复神志，重新坐到他们日常的饭桌上！他们坐下来也一副愁眉苦脸。后来他们对我说，他们就好像从幸福的顶峰,重又下到幽暗的狭谷,回到自身的这座监狱,从此再也无法逃脱了。然而,庇里托俄斯很快就对这一时的堕落深感惭愧,决意以极大的热忱,在他自己的眼中和我眼中赎罪。时过不久,他就有了这样一个机会,向我表明了他的忠诚。

十

我什么也不瞒他；他了解我对阿里阿德涅的感情以及我的不满。我甚至没有对他隐瞒我炽烈地爱上了淮德拉,尽管她还是个孩子。这段时间,她经常打秋千,秋千吊在两棵棕榈树干上,我看着她荡来荡去,风掀起她的短裙,心中就激动不已。然而阿里阿德涅一出现,我就移开目光,极力掩饰,害怕当姐姐的萌生嫉妒。可是,不让一种欲望得到满足,是有害健康的。于是,我在心中开始酝酿劫持计划,这个大胆的计划要顺利进行,就必须运用诡计。这回庇里托俄斯帮上我的忙了,他想出一个高招儿,表明了他那丰富的创造性。这期间,尽管阿里阿德涅和我一心想离开,我们在岛上逗留的时间却拖长了,不过,阿里阿德涅哪里知道,我是决心带淮德拉一起走。这事儿庇里托俄斯倒是知道，看他是如何助我一臂之力的。

庇里托俄斯行动比我自由（我让阿里阿德涅给缠住了），他就有闲暇观察，了解克里特的风俗习惯。一天早晨，他对我说：

"我认为事情有把握了。要知道，弥诺斯和拉达曼堤斯，是两个非常明智的立法者，他们整顿了岛上的风气，尤其是鸡奸，你也应当知道，克里特人热衷于此道，这一点从他们的文化就能明显地看出来。此风之盛，青少年概莫能外，谁在成熟之前，没有被一个年龄大一点的选中，就会感到耻辱，认为受别人藐视是丢脸的事。因为大家都这么想：他的相貌若是俊美，那就肯定会造成某种思想的，或者感情的犯罪。弥诺斯的小儿子格劳科斯，长得特别像淮德拉，仿佛孪生的，他就对我谈了这种忧虑。没人理睬使他很难过。我对他说，恐怕是他的王子头衔把喜爱他的人吓退了。他却听不进去，回答我说有这种可能，但这照样叫他不痛快，别人应当知道弥诺斯也同样为此伤心，而弥诺斯平时毫不看重社会地位、级别或等级。不管怎样，如果像你这样一位杰出的王子肯对他儿子感兴趣，他当然会觉得很得意。我想过，阿里阿德涅固然嫉妒她妹妹，但是绝不会嫉妒她弟弟，因为没有这种事例：一个女人会把一个男人爱一个男童当回事儿。不管怎么说，她会觉得不宜表露出嫉妒的情绪。你不必害怕，尽可以照此办理。"

"哦！难道你认为，"我高声说道，"我会因为害怕而罢手吗？不过，我虽然是希腊人，却一点儿也没有同性恋的倾向，不管对方多么年少可爱，在这一点上，我不同于赫拉克勒斯，且乐见他与许拉斯在一起。你那格劳科斯长得再怎么像我的淮德拉，也无济于事，我渴望得到的是淮德拉，而不是他。"

"你没有明白我的意思，"庇里托俄斯又说道，"我不是劝你用格劳科斯代替淮德拉，而是要你佯装带走格劳科斯，瞒过阿里阿德涅，让她和所有人相信，你带走的是格劳科斯，而其实却是淮德拉。听我说，从头至尾听清楚：岛上有一种习俗，还是弥诺斯本人创立的，就是情人可以掠走他觊觎的男童，带回家一起生活两个月，然后，那男童就当众宣布，那情人是否讨他喜欢，对待他是否得体。将假的格劳科斯带回你家，也就是把他带上船，带上把我们从希腊运到这里的那条船，我们同化了装的淮德拉一旦会齐就起锚，当然还有阿里阿德涅,既然她要陪伴你,然后,我们就快速驶向远海。克里特战船数量多,但是没有我们的速度快。他们若是追赶,我们很容易就能甩掉他们。你去对弥诺斯谈谈这个计划。请相信,他听了一定会微笑,只要你让他相信带走的是格劳科斯,而不是淮德拉,因为,要给格劳科斯找个教师和情人,他想不出有比你更好的人选了。不过,请告诉我:淮德拉同意吗?"

"我还不知道。阿里阿德涅盯得很紧,从来不让我同她单独在一起,因此,我还无法试探她……不过,她们姐儿俩,她一旦明白我更喜欢她,就会同意跟我走,这一点我毫不怀疑。"

先得让当姐姐的有个思想准备,当然,根据预谋好的,我向她透露的是假方案。

"这计划真妙!"她高声说道,"能同我弟弟一道旅行,我有多高兴啊!你想象不出他有多可爱。尽管我们姐弟俩年龄相差挺大,但我和他处得相当好,一直是他最喜欢的游戏伙伴。要使他思想开阔,什么办法也不如到外国居住一段时间更有效。他的希腊语已经能凑合讲了,但是语调不好,到了雅典就会很快纠正,大大提高希腊语水平。你将是他极好的榜样。但愿他能学成你这样子。"

我就由着她讲。可怜的姑娘没有料到,等待她的是什么命运。

我们还必须通知格劳科斯,以便防范意外出现的麻烦。这事由庇里托俄斯去做。事后他对我说,那孩子开头很失望,必须唤起他最善良的情感,才促使他同意参加这场游戏。我的意思是说:同意出局,让位给他二姐。还必须通知淮德拉。如果有人企图用武力或偷袭的办法劫持她,她很可能要惊叫起来。不过,这场游戏,庇里托俄斯考虑得十分巧妙,调动了他们两人一起参与:格劳科斯会尽量哄骗他父母,淮德拉会尽量哄骗她姐姐。

淮德拉乔装打扮,换上格劳科斯平日穿的衣服。他们俩个头儿完全一样,她的头发盘起来,下半张脸再遮住,就很可能骗过阿里阿德涅的眼睛。

自不待言,我感到为难的是要欺骗弥诺斯。他对我信赖有加,还对我说过他期待我以兄长的身份,对他儿子施加好的影响。再说,我又是他的客人,这样做显然辜负他的感情。然而在我身上,过去没有,也绝不会有什么顾忌能使我罢休。我的欲望的声音战胜了感激的和情理的各种声音。不择手段。要干就干。

阿里阿德涅赶在我们之前上船,就想收拾出一个舒适的地方。我们等淮德拉一到,就逃之夭夭了。劫持的计划,原定天色一黑就执行,临时推到她必须露面的全家用餐之后。她提出那是早已养成的习惯,吃完饭就离开,她说这样一来,直到次日早晨,谁也不会注意她人不在了。如此这般,一切顺利,没有出现一点儿纰漏。如此这般,我得以同淮德拉上了船,几天之后抵达阿提卡,而中途则把她的姐姐美丽而缠人的阿里阿德涅丢到纳克索斯岛上。

我上岸之后获悉,我父亲埃勾斯已投海自尽,只因我忘记了换帆,他远远望见了船上挂的是黑帆。这事儿我已经交代了几句,不愿意再旧话重提。不过我还要补充一点,头天夜里我做了个梦,梦见自己已经当了阿提卡国王……不管怎样,也不管可能如何如何,对于我和全体人民来说,因为我们安然回来和我登上王位,这是个欢庆的日子,可是因为我父亲丧命,这又是个哀悼的日子。有鉴于此,我立刻组织了几支合唱队,从而交替响起欢乐之歌和哀伤之音。我本人和意外逃脱劫难的伙伴,我们也要参加欢乐的歌舞。欢乐和悲伤,就是要让人民同时处于两种截然相反的情绪中。

十一

后来有些人指责我对待阿里阿德涅的态度。他们说我那是懦夫的行为,我不应该抛弃她,或者至少不应该把她丢在一个岛上。不错,然而,我就是要让大海将我们隔开。她要跟随我,追逐我,紧追不舍。她一识破我的诡计,发现格劳科斯的服装里竟是她妹妹,就大吵大闹,不断发出有节奏的叫声,骂我背信弃义。结果我忍无可忍,就明确告诉她,我无意带她走多远。正好突然起了风,一碰到岛屿,我们就能靠岸,或者被迫停泊,就把她丢下。她威胁我说,她要写一首长诗,讲述这种可耻的背弃。我立刻回敬道,那她比干什么都强,从她的愤怒和抒情的腔调来看,我就能判断出诗写出来一定很美,而且足以慰人,她的忧伤一定能从中得到弥补。然而,我说的这番话,只能给她火上浇油。女人就是这样,听不进去道理。至于我,总是跟着本能的感觉走,这样最简单,我认为有把握。

那个岛是纳克索斯岛。据说我们把她丢在那儿不久,狄俄尼索斯[1]就去找她,并娶她为妻。按照这种说法,她就是在酒中寻求自我安慰了。还有人说,就在婚礼那天,酒神送给她一顶冠作为礼物,那是赫淮斯托斯[2]的作品,而且位居天上星座之列了,还说宙斯迎她上了奥林匹斯山,赋予她永生不死的仙体。还有一种说法,有人甚至把她当作阿佛洛狄忒。我由人说去,而且,为了扼断指控的流言,我本人也尽量将她神化,确定对她的礼拜,还带头跳舞祭祀。这样,别人也就会允许我指出,如果我不遗弃她,那么,对她十分有利的这一切,就根本不可能发生了。

有些捏造的事实,就是为了编织无稽之谈:什么劫持海伦呀,同庇里托俄斯一起下冥府呀,强奸普洛塞耳皮那[3]呀。我避而不去辟谣,反倒从谣言中捞取更大的威望,甚至还给那些无稽之谈添枝加叶,以便把

---

1 希腊神话中的酒神。
2 希腊神话中的火和锻冶之神。
3 罗马神话中的冥后,即希腊神话中的珀耳塞福涅。

老百姓牢牢禁锢在信仰中，而阿提卡的老百姓，嘲笑信仰的倾向实在太明显了。因为，庸俗的东西释放出来是必要的，但是绝不能通过大不敬的方式。

实际情况是这样：我回到雅典之后，一直忠于淮德拉。我同时与这个女人和这座城市结合了。我是丈夫，是已故国王的儿子；我当了国王。闯荡冒险的时期过去了，我对自己一再这样讲，此后无须征讨了，而应当统治。

这可不是一件小事，因为，老实说，当时雅典还不存在。一大批小城镇在阿提卡境内争夺霸权，从而攻伐、纷争、械斗持续不断。因此，统一和集中权力至关重要，我不是轻而易举就达到这个目标的。在这过程中，武力和计谋我两样并用。

我父王埃勾斯所考虑的是分而治之。鉴于纷争不和危害了国计民生，我就认识到，财富不均，以及人人都想增加个人的财富，正是大多数祸患的根源。我本人并不想发财，关心公众的利益等于或者超过关心自己的利益，我做出了生活俭朴的表率。我通过平均分配土地的办法，一下子就消除了霸权，以及由霸权引起的纷争。这项严厉的措施，当然满足了穷苦人，

即大多数人,但是也引起了被我剥夺的富人的反抗。他们人数不多,但都很精明。我召集来其中最重要的人,对他们说道:

"我只看重个人才能,不承认别的价值。你们通过机智、技巧和坚持不懈,都发财致富了,但更经常使用不公正的和欺骗的手段。你们之间争权夺利危害国家的安全,而我就是要破除你们的阴谋,实现国富民安。只有如此,我们才能富强起来,抵抗外敌侵略。可恶的金钱欲,搅得你们寝食难安,也不会给你们带来幸福,因为说到底,这种欲望永不餍足。获取越多,就越想获取。因此,我要削减你们的财富,如果你们不甘心接受这种削减,我就动用(我手中掌握的)武力。我给自己也只保留掌握法规和领导军队的权力,其余的同我没有多大关系。我身为国王,也打算过简朴的生活,不改我迄今为止的生活方式,同普通百姓一样。我一定能让人遵守法律,即使不让人惧怕,也得让人尊敬我,并且做到能让周围的人这样讲:阿提卡不是由一个专制暴君,而是由一个人民政府治理的。因为,这个国家每个公民,在议会中都将有平等的权利,根本不管出身如何。如果你们不服,那我可以告诉你们,我会迫使你们服从的。

"我要派人拆毁并取缔你们地方的小法庭,你们地区的议会厅,我还要将已经取名雅典的构筑,全集中到卫城。我向保佑我的诸神保证,雅典这个名字,一定会受到后世的敬重。我要将我的城市献给帕拉斯[1]。现在,你们走吧,记住我言出必行。"

我要言行一致,随即就放弃王家的一切权威,回到普通人的行列,像一般公民那样,出现在大庭广众之中,不带扈从也不害怕。不过,我毫不松懈地操持公益事务,确保百姓和睦,国家太平。

庇里托俄斯听了我对大人物们的那番讲话,就对我说,他认为话讲得很好,但是又很荒谬。因为,他振振有词:"在人与人之间实行平等不合乎自然,进而言之,平等也非人之所愿。最优秀的人,就应当以其超凡的才能统治芸芸众生。没有竞争、对立、嫉妒,民众就会萎靡不振,懒懒散散,停滞不前。必须加上酵母,将民众激发起来。你引导好,矛头不对着你就成了。不管你愿意与否,也不管你期望这种初始的平等化如

---

[1] 海神特里同的女儿,被雅典娜误杀。后来,雅典娜就自称帕拉斯或帕拉斯·雅典娜。

何向每人提供同等的机会、同样的起点,人的才能不同,过了多久,就会形成不同的境况,即受苦的大众和贵族阶层。"

"那好哇!"我接口说道,"但愿如此,我还希望短时间就能实现。不过,首先我不明白,为什么大众会受苦,既然我尽量给予优惠的这种新贵族,正如我盼望的那样,不是金钱的,而是精神的贵族。"

继而,为了扩大雅典的规模,使之更加强盛,我宣布凡是愿意到此定居的人,不管来自何方,都一律欢迎。于是,宣传公告的差役到各地反复高喊:"诸位,大家都到这里来吧!"

这消息传得很远。俄狄浦斯不是也被引来了吗?这个退位的国王,伟大而又可悲的落魄之人,从底比斯来到阿提卡寻求帮助和保护,然后在这里死去。这就允许我在雅典主持为他举行的隆重葬礼。这情况,以后我还要谈及。

我向新来者许诺,他们无论是什么人,都和本地人享有同等权利。先来城里定居的公民,不要急于歧视任何人,等以后经过了考验再说。因为,只有使用过,才识得好工具。我也只想根据贡献来评价每个人。

后来形势发展，即使我不得不承认雅典人之间的差异，从而承认等级，并任由这种等级确立起来，也只是为了更加确保机器的总体运行。比起其他所有希腊人来，雅典人就是这样多亏了我才无愧于"人民"这一美名。这美名只给了他们，给他们也是众望所归。这便是我的荣耀，远远超过我们从前英雄行为的荣耀，而且无论赫拉克勒斯、伊阿宋、柏勒洛丰，还是珀耳修斯，谁也没有达到。

唉！我童年一起游戏的伙伴庇里托俄斯，可惜没有跟随我。我列举的所有这些英雄，还有像墨勒阿革洛斯[1]或珀琉斯[2]等其他英雄，他们不懂得如何延长自己的英雄生涯——在他们最初的一些英雄事迹或者唯一的英雄事迹之外再立新功。而我则不然，不愿意故步自封。我就对庇里托俄斯说：一个时期，要战胜并从大地清除魔怪，过一个时期，就要耕耘安静的大地，并使之硕果累累；一个时期，要把人从恐惧中解放出来，过一个时期，又要关注他们的自由，卓有成效地改善他们的生活状况。要做到这一点，没有纪律不成。

---

[1] 卡吕冬王子，曾参加寻觅金羊毛的远征。
[2] 阿耳戈英雄之一，曾参加寻觅金羊毛的远征。

我不允许这里的人像彼俄提亚[1]人那样，一意孤行，也不允许他们追求一种平庸的幸福。我认为人并不自由，永远也不会自由，自由了也不见得是好事。不过，我不征得他们的同意，就不能推动他们向前，而且不让人民至少抱着自由的幻想，我也得不到他们的同意。我要提高他们，绝不允许他们乐天知命，甘愿总那么俯首帖耳。我一直在考虑，人类能有更大的作为，能表现出更大的价值。我还记得代达罗斯的教导，他认为要用神的所有战利品为人谋福利。我的巨大力量在于相信进步。

情况一变，庇里托俄斯就不再追随我了。在我青年时代，他陪伴我到各地闯荡，是我有力的帮手。然而我明白，一种友谊始终不渝，就会拖住我们，或者拉我们向后退。过了某一点，就只能独自往前走了。由于庇里托俄斯很有理性，我还听他阐述自己的观点，但只是听听而已。人老了，从前他进取心那么强，后来就把自己的智慧消耗在清心寡欲中了。他给我的建议，只剩下约束和限制了。

---

[1] 古希腊地区名，那里居民以愚笨著称。

"不值得为人操那么大心。"他对我说道。

"哦！不为人，那又为什么操心呢？"我反诘道。他还不肯罢休。

"冷静点儿嘛，"他又对我说道，"你做得还不够吗？雅典的繁荣有了保障，你尽可以安享赢得的荣誉和夫妻幸福了。"

他提醒我多想着点儿淮德拉，至少在这一点上他没有错。因为到这里，我必须讲述一下，我家庭的安宁如何被搅乱了，我又以多么惨痛的哀悼为代价，要向神赎取我的成功和自负。

十二

我无限信赖淮德拉。我看着她的仪容逐月变得更加修美。她浑身上下透着贤惠。从少女时起就摆脱家庭有害的影响,想不到她身上还带着家庭的所有发酵酶体。显然她是接受母亲的遗传。待出事之后,她还极力为自己辩解,说这是命中注定的,她没有责任,真叫人不能不承认,这事儿自有前因后果。然而,事情还不止于此,我认为她太不把阿佛洛狄忒放在眼里了。神是要报复的,后来她多多祭献,多多哀求,力图平息女神的恼怒,也无济于事了。须知淮德拉其实很虔诚。在我岳父家中,人人都很虔诚。不过,恐怕糟就糟在他们信的不是同一个神。帕西淮崇拜宙斯,阿里阿德涅信奉狄俄尼索斯,至于我,我尤其奉敬帕拉斯·雅典娜,其次奉敬波塞冬:有一层秘密关系将他同我连在一起,他对我有求必应,反倒害了我。我同亚马逊女人生的那个儿子,是子女中我最宠爱的一个,他则崇拜狩猎女神阿耳忒弥斯。他同那女神一样贞洁,而我则相反,在他那年龄已经非常放荡了。他光着身子在月光下奔跑,出没在荆棘丛和森林里;他逃避朝廷、聚会,尤其逃避女人圈子,只喜欢同他的猎犬为伍,追逐野兽一直到山顶或幽谷。他还经常驯烈性马,带一群马到海滩上,以便一同跳下海。他这样子我真喜爱!又英俊,又骄傲,又桀骜不驯,当然不是对我,他对我十分敬重;也不是针对法律,而是针对妨碍进取并空耗人的才能的习俗。我就是想挑他做我的继承者。我将管理国家的大权交到他那双纯洁的手中,就可以高枕无忧了,因为我深知无论威胁还是谄媚,都不能够动摇他。

淮德拉居然爱上他,等我发觉已经太迟了。本来我应当想到,因为,他长得像我,我是说像我在他这年龄时的模样,而我已经老了,淮德拉还依然异常年轻。也许她还爱我,但是就像爱一位父亲了。我身受其害才懂得,夫妻两人的年龄不宜相差太大。因此,我不能饶恕淮德拉的,绝不是这种情欲,虽然是半乱伦，归根结底还是相当自然的。我不能饶恕的是她明白不可能满足自己的欲望了，就诬告我的希波吕托斯，将烧灼她的这种邪恶的欲火嫁祸于他。盲目的父亲，过分轻信的丈夫，我相信了她。每次我都相信一个女人的申辩！我竟然呼唤神报复我那无辜的儿子。而我的祈求，神听取了。男人求神的时候却不知道，神要满足他们，十有八九会给他们造成不幸。我一时兴起，丧失理智，盛怒之下失手杀了我的儿子。这是我一生都得不到安慰的。淮德拉意识到自己罪过太大，随后就自杀了，这样也好。可是现在，我连庇里托俄斯的友谊也失去了，觉得十分孤寂。我人也老了。

俄狄浦斯被逐出他的家园底比斯，我在科洛涅接待他时，他双目失明，走到穷途末路，但是境遇再怎么悲惨，至少还有两个女儿在身边陪伴，对他始终那么温存，给他的痛苦带来安慰。从各个方面看，他的事业失败了。我成功了。他的遗体要给安息的地方永远降福，甚至不是降给忘恩负义的底比斯，而是降给雅典。

我们二人的命运在科洛涅的这次相遇，二人的生涯在十字路口的这次碰撞，我倒奇怪别人极少谈及。我把这一相会视为我的荣耀的顶峰与加冕礼。在这之前,我让一切低了头,看到所有人都在我面前俯首(我可以排除代达罗斯,不过,他比我年长得多。况且,即使代达罗斯也听我的)。唯独在俄狄浦斯身上,我认出可以同我比肩的高尚。在我的心目中,他的不幸只能使这个战败者更加高大。自不待言,我总是无往而不胜,但是比起俄狄浦斯来,我觉得还完全在凡人的水平面上,似乎有些低下。他则顶住了斯芬克斯,把人抬到面对谜语的高度,敢于让人同诸神分庭抗礼。既然如此,他怎么又接受,为什么接受失败呢?他刺瞎自己的双眼,不是也促成自己的失败吗?在他残害自身的行为中,有什么东西我还看不透。我对他讲了我的诧异。可是我不得不承认,他的解释不怎么令我满意,或者说,我没有很好理解。

"不错,我一时愤怒,没有控制住,"他对我说道,"这股怒气,只能转向我自身,不怪自己,我又能怪谁呢?面对向我展现的一片谴责的恐怖,我强烈地感到必须抗议。况且,我要损坏的,主要不是我的眼睛,而是幕布,是我一生奋斗的这道布景,是我不再相信的这种假象,以便达到现实。

"绝不是！我恰恰什么也没有考虑。我这是本能的行为。我刺瞎眼睛，就是要惩罚自己没有看到明显的事实，正如人们所说的瞎了眼。不过，老实讲……噢！这事儿，我不知道如何向你解释……谁也不明白我当时的这声喊叫：'黑暗啊，我的光明！'连你也不明白，这我能感觉出来，不比别人多明白点儿。他们听出是一声哀叹，其实，这是一种确认。这喊声意味着黑暗为我豁然洞开，射出照亮灵魂世界的超自然的光明。这喊声还表明：黑暗，从今以后，你对我就将是光明。蔚蓝的天空，在我面前已经黑暗重重，与此同时，我内心的天空却星光灿烂。"

他住了口，陷入沉思，过了半晌才又说道：

"我青年时代，在别人看来还很英明。我本人也是这么看。我不是独自一人头一个道破了斯芬克斯的谜语吗？然而，自从我的肉眼被我亲手抠瞎之后，看不到表象世界了，我似乎才开始真正看清楚了。对，我的肉眼一失明，永远看不见外部世界了，一种新的目光就在我身上出现，能纵观内心世界的无穷景象，而在此之前，对我来说只存在表象世界，它一直使我无视内心世界。这种难以觉察的世界（我是说我们的感官掌握不了的),现在我知道,是唯一真实的。其余的一切无非是虚幻,给我们以假象,遮蔽我们不能仰观神圣。'必须停止看世界,才能看到神。'盲人智者提瑞西阿斯[1]有一天对我这样说,而当时我还不理解,同你现在一样,忒修斯啊,我明显感到你也不理解我的话。"

"我并不想否认,"我对他说道,"不想否认你多亏失明而发现的超时间世界的重要性,但我难以理解的是,你为什么将它同我们生活和行动的外界对立起来。"

"这是因为,"他答道,"我内视的眼睛第一次见到还从未向我显现的东西,我猛然意识到这样一点:我统治人的权力建立在一桩罪恶的基础上,因而由此派生的一切都被玷污了,不仅包括我个人做出的全部决定,甚至还包括我的两个继承王位的儿子的决定。要知道,那时我抛弃王位,立刻离开我的罪恶赠给我的危险的王国。你可能已经了解到,我儿子卷进了多大的新罪恶,而何等耻辱的命运重重压住罪孽的人类可

---

[1] 底比斯的盲人占卜者。他受智慧女神雅典娜的神示而懂鸟语。他主张把底比斯的王位让给战胜斯芬克斯的人,并把王后嫁给那人。

能孕育的一切,我那可怜的孩子不过是臭名昭著的样板。因为,作为一种乱伦的产物,我儿子无疑是被特意选定的。然而我认为,某种原初的污点感染了全人类,结果连最优秀的人都不干净了,注定作恶,注定沉沦,如果没有我也不知道的什么神的拯救,洗刷原初的污点并给予宽赦,人就不可能自拔。"

他又沉吟片刻,仿佛还要潜下去探寻,然后接着说道:

"我居然抠瞎了自己的眼睛,你感到奇怪,我本人也诧异。不过,这种欠考虑而残忍的举动,也许还别有含义。我说不清一种什么隐秘的需要,将我的遭遇推到极致,增加我的痛苦,完成一种英勇绝伦的命运。也许我隐约预感到这种痛苦所体现的庄严和赎罪性质,因此,拒不接受则不是英雄所为。我认为这样尤其能显示英雄的高尚,落难比任何境况都更能表现其英勇,从而迫使上天承认,并消除神的报复。无论怎样,也不管我的过错多么可悲可叹,我达到的这种超感觉的幸福状态,如今也足以补偿我所忍受的所有痛苦,而且不受此苦难,我也绝不可能达到这种幸福状态。"

"亲爱的俄狄浦斯,"我明白他讲完了,便对他说道,"听了你宣讲的这种超人的智慧,我只能赞佩。不过,在这条路上,我的思想却不能与你为伴。我始终是大地的孩子,相信人不管如何,也不管如你判断的有多大污点,总应该玩一下手中掌握的牌。毫无疑问,哪怕是你自身的不幸,你也善于充分利用,从而更加密切地接触你所说的神性。此外,我也乐于确信,一种祝福紧紧附在你身上,按照神谕,将随你降到你长眠的土地上。"

我没有进一步讲,对我至关重要的是,这应是阿提卡的土地,我暗自庆幸诸神特意让底比斯通向我。

比起俄狄浦斯的命运来,我倒还满意——我的命运圆满完成。我身后留下了雅典城。我珍视它超过珍爱我的妻子和儿子。我建造了自己的城。在我之后,我的思想会永生永世住在这里。临终这么孤寂我也心甘情愿。我尝到了大地的恩泽。想想将来的人类也很欣慰——在我之后,人类多亏了我,将承认自己更幸福,更善良,也更自由。我所做的事业,是为了未来人类的幸福。我不枉此生。

安德烈·纪德年表

1869年
11月22日,安德烈·保尔·纪尧姆·纪德生于巴黎梅迪契街19号(今埃德蒙·罗斯唐广场2号)。他是独生子。父亲保尔·纪德1832年生于于泽城意大利裔的新教家庭,在巴黎大学法学院任教。母亲朱莉叶·隆多1835年生于鲁昂一个富有的资产阶级家庭,信奉新教。二人于1863年在鲁昂结婚。

1877年
入小学,在达萨街的阿尔萨斯学校读书,数月后因"不良习惯"被除名。此后,他在学校的系统学习中断,只好经常请家庭教师了。安德烈自小接受了两种矛盾的教育:母亲认为"孩子应当顺从,而不需要明白为什么";"父亲则始终倾向于无论什么事,都要向我解释清楚"。父亲把自己喜欢的书推荐给他,给他朗诵莫里哀的戏剧故事、《奥德赛》中的段落、《天方夜谭》中的辛巴德冒险故事和阿里巴巴的故事、意大利戏剧的滑稽场面等。这些读物给他幼小的心灵留下深刻的印象,是他后来强烈表现出来的好奇心与探索冒险精神的种子。

1880年
10月28日,父亲保尔·纪德去世。

1882年
年末,去鲁昂,得知舅母玛蒂尔德·隆多生活放浪,与人私奔,他表姐玛德莱娜为此痛苦不堪,他便萌生了对表姐的爱。

1887年
10月,又重入阿尔萨斯中学,进修辞班,开始与同学皮埃尔·路易(后来署名皮埃尔·路伊)交往。

1888年
10月,入亨利四世中学哲学班,结交了后来成为著名政治家的莱翁·布鲁姆。

1890年
3月1日,舅父埃米尔·隆多去世,安德烈陪表姐玛德莱娜守灵,他觉得那便是他们的订婚仪式。夏季,独自在安西湖畔写《安德烈·瓦尔特笔记》。12月,去南方蒙彼利埃看望叔父——经济学家夏尔·纪德,在那里结识青年诗人保尔·瓦莱里。

1891年
1月8日,玛德莱娜拒绝了纪德的求婚。纪德的母亲也始终反对这门婚事。2月2日,由作家巴雷斯引见给诗人马拉美,此后他便成为罗马街"星期二聚会"的常客。11月,同造访巴黎的奥斯卡·王尔德多次会面。自费出版了《安德烈·瓦尔特笔记》、《那喀索斯论》。

1892年
夏季,同诗人亨利·德·雷尼埃游布列塔尼。《安德烈·瓦尔特笔记》出版。

1893年
10月18日,同他的朋友,年轻画家保尔-阿尔贝·洛朗在马赛港登船去北非,游历突尼斯和阿尔及利亚。出版《爱的尝试》和《乌连之旅》。

1894年
2月,和洛朗取道意大利返回法国。10月至12月,去瑞士拉布雷维纳,在孤寂中写出了《帕吕德》,并于次年出版。

1895年
1月至5月,再次去阿尔及利亚旅行。5月31日丧母。6月17日,他与表姐玛德莱娜订婚。10月7日在库沃维尔结婚,结婚旅行,一路游览瑞士、意大利、突尼斯和阿尔及利亚,直至次年5月才回国。

1897年
结识汪荣博(文学活动中称亨利·盖翁)。《人间食粮》出版(法兰西水星出版社)。

1898—1900年
出国旅行，先后去了意大利、阿尔及利亚（两度）。开始和在中国任领事的诗人克洛岱尔建立通信关系。出版《没有缚住的普罗米修斯》、《给安棋尔的信》、《借题发挥》。

1901—1903年
先后出版剧本《康多尔王》、《扫罗》和小说《背德者》。1903年，游历德国，然后又去阿尔及利亚。

1905—1908年
1906年出版《阿曼塔斯》。1907年出版《浪子归来》。1908年，同停刊的《隐修》杂志原班人马：马赛尔·德鲁安、雅克·科波、亨利·盖翁、安德烈·鲁伊特、让·施伦贝格创建《新法兰西评论》杂志。从1897年开始同文学杂志《隐修》合作，直到1906年停刊为止。

1909—1911年
出版小说《窄门》(1909)、《奥斯卡·王尔德》(1910)、《伊萨贝尔》。在《新法兰西评论》杂志创刊号上发表数篇文章。《新法兰西评论》在20世纪法国文学发展中，起了举足轻重的作用，许多重要作家的处女作都是在这份杂志上发表的。这家杂志社于1911年创建了自己的出版社，由加斯东·伽利玛任社长，这就是后来发展成法国第一大出版社的伽利玛出版社。

1914—1919年
第一次世界大战爆发后,在一年半里,全力投入"法国—比利时之家"的工作,救助被占领地区的难民。同马克去瑞士逗留(1917),又去阿尔及利亚度四个月(1918)。妻子玛德莱娜因气愤而焚毁纪德给她写的全部信件。出版《梵蒂冈的地窖》(1914)、《重罪法庭回忆录》(1914)、《田园交响曲》(1919)。雅克·科波创建老鸽棚剧院(1913年10月),隶属于《新法兰西评论》杂志社,成为戏剧改革的基地。

1922—1929年
1922年2月至3月,以陀思妥耶夫斯基为题,在老鸽棚剧院做了六场讲座。夏季,同赖塞尔贝格夫妇去蓝色海岸。1923年4月18日,他与伊丽莎白·冯·赖塞尔贝格的私生女出生,取名卡特琳,直到1938年妻子去世后,他才正式认这个女儿。1925年7月14日,同马克·阿莱格雷登船去非洲,到刚果和乍得旅行考察,历时将近一年,回国后撰文猛烈抨击殖民制度和特许大公司的掠夺,引起议会辩论,媒体论战,政府被迫派员去调查。出版一系列重要作品:《科里东》(1925)、讨论宗教问题的《你也是……》、《伪币制造者》、《如果种子不死》(1926)、《刚果之行》(1927)、《乍得归来》(1928)、《妇人学校》(1929)。

1930—1935年
去德国和突尼斯旅行(1930)。次年1月4日,与马尔罗前往柏林,要求戈培尔释放保加利亚共产党领袖季米特洛夫。同年2月,加入了"反法西斯作家警惕委员会"。7月至8月去中欧旅行。1935年1月4日,在巴黎的"争取真理联盟",以"安德烈·纪德和我们的时代"为题,展开公开大辩论。3月至4月,同荷兰作家丁·拉斯特去西班牙和摩洛哥旅行。6月,主持在巴黎召开的"世界作家保卫文化代表大会"。出版小说《罗贝尔》(1930)、剧本《俄狄浦斯》(1931)、《日记》(1929—1932)、《新食粮》(1935)。《纪德全集》从1932年开始出版,至1939年出到十五卷时因战争而中断。

1936—1939年

1936年6月17日,应苏联政府(通过苏联作家协会)的邀请,同几位青年作家一道去访问,历时两个月有余,回国著文批评苏联当权者的政策。1938年,再次去法属西非旅行,又先后到希腊和埃及,以及塞内加尔旅行(1939)。出版小说《热维维埃芙》(1936)、《日记新篇》、《访苏归来》(1936)。《日记1889—1939》纳入经典的《七星文库》。

1940—1946年

1941年,同《新法兰西评论》断绝关系。1942年5月4日,登船去突尼斯逗留一年,再去阿尔及尔逗留数月,然后去摩洛哥,均住在朋友家中,共历时两年有余。1946年4月16日,在贝鲁特做了《文学回忆与现实问题》的重要讲座。出版《戏剧集》(1942)、《日记1939—1942》(纽约,1944)、《忒修斯》(纽约,1946)。

1947—1951年

1947年6月,获英国剑桥大学名誉博士称号,11月获诺贝尔文学奖。1949年1月至4月,由让·昂鲁什录制《纪德谈话录》,于11月10日至12月30日在法国电台播放。1950年,马克·阿莱格雷拍了电影《和安德烈·纪德在一起》。12月13日,《梵蒂冈的地窖》在法兰西喜剧院首次演出。出版《戏剧全集》(1947)、《与弗朗西斯·雅姆通信集》(1948)、《与保尔·克洛岱尔通信集》(1949)、《秋叶集》(1949)、《日记1942—1949》(1950)。1951年1月,计划去摩洛哥旅行。2月19日,因肺炎在巴黎病逝,享年82岁。

无界文库

001	悉达多	[德]赫尔曼·黑塞 著	杨武能 译
002	局外人	[法]阿尔贝·加缪 著	李玉民 译
003	变形记	[奥]弗朗茨·卡夫卡 著	李文俊 译
004	窄门	[法]安德烈·纪德 著	李玉民 译
005	瓦尔登湖	[美]亨利·戴维·梭罗 著	孙致礼 译
006	罗生门	[日]芥川龙之介 著	文洁若 译
007	雪国	[日]川端康成 著	高慧勤 译
008	红与黑	[法]司汤达 著	王殿忠 译
009	漂亮朋友	[法]莫泊桑 著	李玉民 译
010	地下室手记	[俄]陀思妥耶夫斯基 著	刘文飞 译
011	简·爱	[英]夏洛蒂·勃朗特 著	宋兆霖 译
012	老人与海	[美]欧内斯特·海明威 著	孙致礼 译
013	傲慢与偏见	[英]简·奥斯丁 著	孙致礼 译
014	金阁寺	[日]三岛由纪夫 著	陈德文 译
015	月亮与六便士	[英]威廉·萨默赛特·毛姆 著	楼武挺 译
016	斜阳	[日]太宰治 著	陈德文 译
017	小妇人	[美]路易莎·梅·奥尔科特 著	梅静 译
018	人类群星闪耀时	[奥]斯蒂芬·茨威格 著	潘子立 译

019	我是猫	[日]夏目漱石 著	竺家荣 译
020	伤心咖啡馆之歌	[美]卡森·麦卡勒斯 著	李文俊 译
021	伊豆的舞女	[日]川端康成 著	陈德文 译
022	爱的饥渴	[日]三岛由纪夫 著	陈德文 译
023	假面的告白	[日]三岛由纪夫 著	陈德文 译
024	白夜	[俄]陀思妥耶夫斯基 著	郭家申 译
025	涅朵奇卡	[俄]陀思妥耶夫斯基 著	郭家申 译
026	带小狗的女人	[俄]契诃夫 著	沈念驹 译
027	狗心	[苏]米哈伊尔·布尔加科夫 著	曹国维 译
028	黑暗的心	[英]约瑟夫·康拉德 著	黄雨石 译
029	美丽新世界	[英]阿道斯·赫胥黎 著	章艳 译
030	初恋	[俄]屠格涅夫 著	沈念驹 译
031	舞姬	[日]森鸥外 著	高慧勤 译
032	一个孤独漫步者的遐想	[法]让-雅克·卢梭 著	袁筱一 译
033	欧也妮·葛朗台	[法]巴尔扎克 著	傅雷 译
034	高老头	[法]巴尔扎克 著	傅雷 译
035	田园交响曲	[法]安德烈·纪德 著	李玉民 译
036	背德者	[法]安德烈·纪德 著	李玉民 译
037	鼠疫	[法]阿尔贝·加缪 著	李玉民 译
038	好人难寻	[美]弗兰纳里·奥康纳 著	于是 译
039	流动的盛宴	[美]欧内斯特·海明威 著	李文俊 译
040	一个青年艺术家的画像	[爱尔兰]詹姆斯·乔伊斯 著	黄雨石 译
041	太阳照常升起	[美]欧内斯特·海明威 著	吴建国 译
042	永别了,武器	[美]欧内斯特·海明威 著	孙致礼 译

043	理智与情感	[英]简·奥斯丁 著	孙致礼 译
044	呼啸山庄	[英]艾米莉·勃朗特 著	孙致礼 译
045	一间自己的房间	[英]弗吉尼亚·伍尔夫 著	步朝霞 译
046	流放与王国	[法]阿尔贝·加缪 著	李玉民 译
047	巴黎圣母院	[法]维克多·雨果 著	李玉民 译
048	卡门	[法]梅里美 著	李玉民 译
049	伪币制造者	[法]安德烈·纪德 著	盛澄华 译
050	潮骚	[日]三岛由纪夫 著	唐月梅 译
051	了不起的盖茨比	[美]F.S.菲茨杰拉德 著	吴建国 译
052	夜色温柔	[美]F.S.菲茨杰拉德 著	唐建清 译
053	包法利夫人	[法]居斯塔夫·福楼拜 著	罗国林 译
054	羊脂球	[法]莫泊桑 著	李玉民 译
055	一个陌生女人的来信	[奥]斯蒂芬·茨威格 著	韩耀成 译
056	象棋的故事	[奥]斯蒂芬·茨威格 著	韩耀成 译
057	古都	[日]川端康成 著	高慧勤 译
058	大师和玛格丽特	[苏]米哈伊尔·布尔加科夫 著	曹国维 译
059	禁色	[日]三岛由纪夫 著	陈德文 译
060	鳄鱼街	[波兰]布鲁诺·舒尔茨 著	杨向荣 译
061	呐喊		鲁迅 著
062	彷徨		鲁迅 著
063	故事新编		鲁迅 著
064	呼兰河传		萧红 著
065	生死场		萧红 著
066	骆驼祥子		老舍 著

067	茶馆	老舍 著
068	我这一辈子	老舍 著
069	竹林的故事	废名 著
070	春风沉醉的晚上	郁达夫 著
071	垂直运动	残雪 著
072	天空里的蓝光	残雪 著
073	永不宁静	残雪 著
074	冈底斯的诱惑	马原 著
075	鲜花和	陈村 著
076	玫瑰的岁月	叶兆言 著
077	我和你	韩东 著
078	是谁在深夜说话	毕飞宇 著
079	玛卓的爱情	北村 著
080	达马的语气	朱文 著
081	英国诗选	[英] 华兹华斯 等 著　王佐良 译
082	德语诗选	[德] 荷尔德林 等 著　冯至 译
083	特拉克尔全集	[奥] 格奥尔格·特拉克尔 著　林克 译
084	拉斯克 – 许勒诗选	[德] 拉斯克 – 许勒 著　谢芳 译
085	贝恩诗选	[德] 戈特弗里德·贝恩 著　贺骥 译
086	杜伊诺哀歌	[奥] 里尔克 著　林克 译
087	致俄耳甫斯的十四行诗	[奥] 里尔克 著　林克 译
088	巴列霍诗选	[秘鲁] 塞萨尔·巴列霍 著　黄灿然 译
089	卡瓦菲斯诗集	[希腊] 卡瓦菲斯 著　黄灿然 译
090	智惠子抄	[日] 高村光太郎 著　安素 译

091	红楼梦	[清]曹雪芹 著
092	西游记	[明]吴承恩 著
093	水浒传	[明]施耐庵 著
094	三国演义	[明]罗贯中 著
095	封神演义	[明]许仲琳 著
096	聊斋志异	[清]蒲松龄 著
097	儒林外史	[清]吴敬梓 著
098	镜花缘	[清]李汝珍 著
099	官场现形记	[清]李宝嘉 著
100	唐宋传奇	程国赋 注评
101	茶经	[唐]陆羽 著
102	林泉高致	[宋]郭熙 著
103	酒经	[宋]朱肱 著
104	山家清供	[宋]林洪 著
105	陈氏香谱	[宋]陈敬 著
106	瓶花谱 瓶史	[明]张谦德 袁宏道 著
107	园冶	[明]计成 著
108	溪山琴况	[明]徐上瀛 著
109	长物志	[明]文震亨 著
110	随园食单	[清]袁枚 著